Agatha Christie®

CB082059

# MISTÉRIO NO CARIBE

*Tradução de* RODRIGO BREUNIG

www.lpm.com.br

L&PM POCKET

Coleção **L&PM** POCKET, vol. 601

Texto de acordo com a nova ortografia.
Título original: *A Caribbean Mystery*

Primeira edição na Coleção **L&PM** POCKET: março de 2015
Esta reimpressão: setembro de 2022

*Tradução*: Rodrigo Breunig
*Capa*: designedbydavid.co.uk © HarperCollins/Agatha Christie Ltd. 2008
*Preparação*: Elisângela Rosa dos Santos
*Revisão*: L&PM Editores

CIP-Brasil. Catalogação na publicação
Sindicato Nacional dos Editores de Livros, RJ.

---

C479m

Christie, Agatha, 1890-1976
Mistério no Caribe / Agatha Christie; tradução Rodrigo Breunig. – Porto Alegre, RS: L&PM, 2022.
240 p. ; 18 cm. (Coleção L&PM POCKET, v. 601)

Tradução de: *A Caribbean Mystery*
ISBN 978-85-254-3207-0

1. Ficção policial inglesa. I. Breunig, Rodrigo. II. Título.

14-18710 CDD: 823
CDU: 821.111-3

---


Rua Comendador Coruja, 314, loja 9 – Floresta – 90220-180
Porto Alegre – RS – Brasil / Fone: 51.3225.5777

Pedidos & Depto. Comercial: vendas@lpm.com.br
Fale conosco: info@lpm.com.br
www.lpm.com.br

Impresso no Brasil
Primavera de 2022

## Agatha Christie

## (1890-1976)

Agatha Christie é a autora mais publicada de todos os tempos, superada apenas por Shakespeare e pela Bíblia. Em uma carreira que durou mais de cinquenta anos, escreveu 66 romances de mistério, 163 contos, dezenove peças, uma série de poemas, dois livros autobiográficos, além de seis romances sob o pseudônimo de Mary Westmacott. Dois dos personagens que criou, o engenhoso detetive belga Hercule Poirot e a irrepreensível e implacável Miss Jane Marple, tornaram-se mundialmente famosos. Os livros da autora venderam mais de dois bilhões de exemplares em inglês, e sua obra foi traduzida para mais de cinquenta línguas. Grande parte da sua produção literária foi adaptada com sucesso para o teatro, o cinema e a tevê. *A ratoeira*, de sua autoria, é a peça que mais tempo ficou em cartaz, desde sua estreia, em Londres, em 1952. A autora colecionou diversos prêmios ainda em vida, e sua obra conquistou uma imensa legião de fãs. Ela é a única escritora de mistério a alcançar também fama internacional como dramaturga e foi a primeira pessoa a ser homenageada com o Grandmaster Award, em 1954, concedido pela prestigiosa associação Mystery Writers of America. Em 1971, recebeu o título de Dama da Ordem do Império Britânico.

Agatha Mary Clarissa Miller nasceu em 15 de setembro de 1890 em Torquay, Inglaterra. Seu pai, Frederick, era um americano extrovertido que trabalhava como corretor da Bolsa, e sua mãe, Clara, era uma inglesa tímida. Agatha, a caçula de três irmãos, estudou basicamente em casa, com tutores. Também teve aulas de canto e piano, mas devido ao temperamento introvertido não seguiu carreira artística. O pai de Agatha morreu quando ela tinha onze anos, o que a aproximou da mãe, com quem fez várias viagens. A paixão por conhecer o mundo acompanharia a escritora até o final da vida.

Em 1912, Agatha conheceu Archibald Christie, seu primeiro marido, um aviador. Eles se casaram na véspera do Natal de 1914 e tiveram uma única filha, Rosalind, em 1919. A carreira literária de Agatha – uma fã dos livros de suspense do escritor inglês Graham Greene – começou depois que sua irmã a desafiou a escrever um romance. Passaram-se alguns anos até que o primeiro livro da escritora fosse publicado. *O misterioso caso de Styles* (1920), escrito próximo ao fim da Primeira Guerra Mundial, teve uma boa acolhida da crítica. Nesse romance aconteceu a primeira aparição de Hercule Poirot, o detetive que estava destinado a se tornar o personagem mais popular da ficção policial desde Sherlock Holmes. Protagonista de 33 romances e mais de cinquenta contos da autora, o detetive belga foi o único personagem a ter o obituário publicado pelo *The New York Times.*

Em 1926, dois acontecimentos marcaram a vida de Agatha Christie: a sua mãe morreu, e Archie a deixou por outra mulher. É dessa época também um dos fatos mais nebulosos da biografia da autora: logo depois da separação, ela ficou desaparecida durante onze dias. Entre as hipóteses figuram um surto de amnésia, um choque nervoso e até uma grande jogada publicitária. Também em 1926, a autora escreveu sua obra-prima, *O assassinato de Roger Ackroyd.* Este foi seu primeiro livro a ser adaptado para o teatro – sob o nome *Álibi* – e a fazer um estrondoso sucesso nos teatros ingleses. Em 1927, Miss Marple estreou como personagem no conto "O Clube das Terças-Feiras".

Em uma de suas viagens ao Oriente Médio, Agatha conheceu o arqueólogo Max Mallowan, com quem se casou em 1930. A escritora passou a acompanhar o marido em expedições arqueológicas e nessas viagens colheu material para seus livros, muitas vezes ambientados em cenários exóticos. Após uma carreira de sucesso, Agatha Christie morreu em 12 de janeiro de 1976.

*Para o meu velho amigo*
*John Cruickshank Rose*
*pelas felizes memórias da minha*
*visita às Índias Ocidentais.*

# Sumário


Capítulo 1 – O major Palgrave conta uma história......9
Capítulo 2 – Miss Marple faz comparações................22
Capítulo 3 – Uma morte no hotel................................33
Capítulo 4 – Miss Marple procura atendimento médico.........................................................................38
Capítulo 5 – Miss Marple toma uma decisão.............43
Capítulo 6 – Na madrugada.........................................50
Capítulo 7 – Manhã na praia.......................................56
Capítulo 8 – Uma conversa com Esther Walters .......68
Capítulo 9 – A srta. Prescott e outros.........................77
Capítulo 10 – Uma decisão em Jamestown................87
Capítulo 11 – Noite no Golden Palm .........................91
Capítulo 12 – Velhos pecados projetam longas sombras.....................................................................101
Capítulo 13 – Victoria Johnson sai de cena..............107
Capítulo 14 – Inquérito...............................................112
Capítulo 15 – Prosseguimento do inquérito ............120
Capítulo 16 – Miss Marple procura auxílio..............131
Capítulo 17 – O sr. Rafiel assume o comando .........146
Capítulo 18 – Sem privilégio clerical .......................163
Capítulo 19 – As utilidades de um sapato ...............175
Capítulo 20 – Alarme noturno..................................181
Capítulo 21 – Jackson discorre sobre cosméticos ...192
Capítulo 22 – Um homem na vida dela? ..................202
Capítulo 23 – O último dia........................................210
Capítulo 24 – Nêmesis...............................................218
Capítulo 25 – Miss Marple usa a imaginação...........226
Epílogo.......................................................................234

## Capítulo 1

# O major Palgrave conta uma história

– Esse negócio todo sobre o Quênia, por exemplo – disse o major Palgrave. – Mil camaradas tagarelando e não sabem nada sobre o lugar! Já *eu* passei catorze anos da minha vida lá. Alguns dos melhores anos da minha vida, diga-se de passagem...

A velha Miss Marple inclinou a cabeça.

Era um gentil gesto de cortesia. Enquanto o major Palgrave continuava com as recordações um tanto desinteressantes de toda uma vida, Miss Marple enveredou tranquilamente por seus próprios pensamentos. Tratava-se de uma rotina com a qual ela tinha bastante familiaridade. O local variava. No passado, havia sido predominantemente a Índia. Majores, coronéis, tenentes-generais – e uma familiar série de palavras: *Simla*, *carregadores*, *tigres*, *chota hazri** – *tiffin***, *khitmagar****, e assim por diante. Com o major Palgrave os termos eram ligeiramente diferentes. *Safári. Kikuyu. Elefantes. Suaíli.* Mas o padrão, em essência, era o mesmo. Um homem idoso precisando de uma companhia ouvinte de modo que pudesse, na memória, reviver tempos nos quais havia sido feliz. Tempos nos quais suas costas eram retas, sua visão era perfeita, sua audição era aguçada. Alguns desses falastrões haviam sido rapazes bonitos com ar intrépido, outros, por sua vez, haviam sido lamentavel-

---

* Expressão do hindi para uma leve refeição matinal. (N.T.)

** Termo anglo-indiano para "almoço". (N.T.)

*** Carregador ou empregado indiano. (N.T.)

mente bem pouco atraentes – e o major Palgrave, com seu rosto arroxeado, olho de vidro e aspecto geral de sapo empanturrado, pertencia a esta última categoria.

Miss Marple concedera a todos eles a mesma caridade gentil. Havia se mantido em seu assento com grande atenção, inclinando a cabeça de vez em quando numa suave concordância, pensando seus próprios pensamentos e desfrutando do que havia para desfrutar: nesse caso, o azul profundo de um mar caribenho.

Tão bondoso o querido Raymond – ela pensava com gratidão –, tão efetiva e verdadeiramente bondoso... Por que motivo ele se dava tanto trabalho em função de sua velha tia? Ela realmente não sabia. Consciência, talvez; um sentimento de obrigação familiar? Ou, quem sabe, Raymond gostasse mesmo dela...

Miss Marple considerava, de modo geral, que Raymond *gostava* dela – sempre gostara – de uma maneira ligeiramente exasperada e desdenhosa! Sempre tentando atualizá-la. Enviando-lhe livros para ler. Romances modernos. Tão difíceis – falando de pessoas desagradáveis que faziam coisas muito esquisitas e nem mesmo, aparentemente, se divertiam com essas coisas. A palavra "sexo" não tinha sido muito mencionada nos tempos de juventude de Miss Marple, mas o ato em si tinha sido abundante – não se falava tanto a respeito, porém as pessoas o desfrutavam bem mais do que hoje em dia, pelo menos era o que lhe parecia. Embora o sexo fosse geralmente rotulado como Pecado na época, ela não conseguia deixar de sentir que aquilo era preferível ao que parecia ser hoje em dia – uma espécie de Dever.

Seu olhar deteve-se por um momento no livro em seu colo, aberto na página 33, que era até onde ela chegara (e, na verdade, o máximo que conseguia suportar!).

*"Você está querendo dizer que não teve nenhuma experiência sexual* em absoluto?", *indagou o jovem com incredulidade. "Aos* dezenove? *Mas você* precisa *ter. É vital."*
*A moça deixou pender a cabeça com tristeza, seu cabelo liso e oleoso caído por cima do rosto.*
*"Eu sei", ela murmurou, "eu sei."*
*O jovem olhou para ela, sua malha velha e manchada, os pés descalços, as unhas dos pés sujas, o cheiro de gordura rançosa... Ele tentava entender por que razão a considerava tão loucamente sedutora.*

Miss Marple tentava entender também! E ora essa! Ouvir alguém lhe prescrever experiência sexual exatamente como se fosse um fortificante de ferro... Pobres jovenzinhos...

– Minha querida tia Jane, por que você precisa enterrar a cabeça na areia como uma avestruz das mais adoráveis? Completamente confinada nessa sua idílica vida rural. A *vida real*... isso é o que importa.

Eis Raymond... e sua tia Jane exibira uma expressão adequadamente envergonhada – e dissera que "sim", que ela temia ser *de fato* um tanto antiquada.

Muito embora, na verdade, a vida rural estivesse bem longe de ser idílica. Pessoas como Raymond eram tão ignorantes... No decorrer de seus afazeres numa paróquia no campo, Jane Marple adquirira um conhecimento bastante aprofundado dos fatos da vida rural. Não sentia o menor ímpeto de *falar* a respeito deles, muito menos de *escrever* a respeito deles – mas os conhecia. Sexo abundante, normal e anormal. Estupro, incesto, perversões de todos os tipos. (De alguns tipos, com efeito, não pareciam ter ouvido falar sequer os espertos jovens de Oxford que escreviam livros.)

Miss Marple voltou ao Caribe para recuperar o fio do que o major Palgrave estava dizendo...

– Uma experiência muito incomum – ela falou em um tom incentivador. – Das *mais* interessantes.

– Eu poderia lhe contar um bocado mais. Algumas coisas, é claro, inadequadas para os ouvidos de uma dama...

Com a naturalidade da prática de longa data, Miss Marple baixou as pálpebras de um modo oscilante, e o major Palgrave continuou sua versão censurada dos costumes tribais, enquanto Miss Marple retomava os pensamentos sobre o seu afetuoso sobrinho.

Raymond West era um romancista de grande sucesso e tinha uma renda enorme; conscienciosa e generosamente fazia tudo a seu alcance para suavizar a vida de sua tia idosa. No inverno anterior, ela tivera um acesso de pneumonia, e o aconselhamento médico recomendara pegar sol. De maneira senhoril, Raymond havia sugerido uma viagem às Índias Ocidentais. Miss Marple objetara – pelo custo, pela distância, pelas dificuldades da viagem e por ter de abandonar sua casa em St. Mary Mead. Raymond cuidara de tudo. Um amigo que estava escrevendo um livro precisava de uma casinha sossegada no campo.

– Ele vai cuidar da casa, sem dúvida. Adora tarefas domésticas. Ele é afeminado. Quero dizer...

Raymond fez uma pausa, levemente embaraçado – mas é claro que a querida tia Jane por certo já tinha ouvido falar de afeminados.

Ele foi em frente para tratar dos pontos seguintes. A viagem não era nada de mais hoje em dia. Ela iria por via aérea – outra amiga, Diana Horrocks, estava indo para Trinidad e providenciaria que a tia Jane tivesse o maior conforto até lá, e em St. Honoré ela ficaria no Golden

Palm Hotel, que era administrado pelos Sanderson. O casal mais simpático do mundo. Os dois providenciariam que ela fosse muito bem acomodada. Ele iria escrever para eles naquele instante.

Ocorreu que os Sanderson tinham retornado à Inglaterra. Mas seus sucessores, os Kendal, haviam se mostrado muito simpáticos e amigáveis e haviam garantido a Raymond que ele não precisava ter quaisquer apreensões por sua tia. A ilha dispunha de um ótimo médico em caso de emergência, e eles pessoalmente ficariam de olho na dama e lhe providenciariam todos os confortos.

E os dois tinham cumprido com a palavra. Molly Kendal era uma loira ingênua de vinte e poucos anos, sempre aparentemente de bom humor. Havia recebido a idosa com uma saudação calorosa e fizera de tudo para deixá-la confortável. Tim Kendal, seu marido, magro, moreno e com mais de trinta anos, também havia se mostrado a gentileza em pessoa.

De modo que ali estava ela, Miss Marple pensou, longe dos rigores do clima inglês, com um pequeno e aconchegante bangalô todo para si, com sorridentes e amigáveis mocinhas nativas das Índias Ocidentais para lhe servir, Tim Kendal para recebê-la no salão de jantar e soltar uma piada enquanto lhe dava sugestões quanto ao cardápio do dia, e uma trilha fácil de percorrer do bangalô até a beira-mar e a praia – onde ela podia se sentar numa confortável cadeira de vime para observar os banhistas. Havia inclusive alguns hóspedes idosos para lhe fazer companhia. O velho sr. Rafiel, o dr. Graham e o cônego Prescott com sua irmã, além do presente paladino, o major Palgrave.

O que mais poderia desejar uma senhora de idade?

É profundamente lamentável, e Miss Marple sentia-se culpada de admiti-lo até mesmo no íntimo, mas ela não estava tão satisfeita quanto deveria estar.

Adorável e quente, sim – e *tão* bom para o reumatismo dela – e uma linda paisagem, embora talvez... um pouquinho monótona? *Tantas* palmeiras... Tudo sempre o mesmo todos os dias – nada nunca *acontecendo.* Não era como St. Mary Mead, onde algo sempre estava acontecendo. Seu sobrinho tinha certa vez comparado a vida em St. Mary Mead à espuma numa lagoa, e ela, com indignação, salientara que isso, colocado numa lâmina sob um microscópio, ofereceria vida de sobra para ser observada. Sim, com efeito, em St. Mary Mead havia sempre algo acontecendo. Incidentes e mais incidentes lampejaram na mente de Miss Marple: o engano na mistura para tosse da sra. Linnett – aquele comportamento muito esquisito do jovem Polegate – a vez em que a mãe de Gregory Wood aparecera para visitá-lo (mas será que era *mesmo* a mãe dele?) – o verdadeiro motivo da briga entre Joe Arden e sua esposa. Tantos problemas humanos interessantes... dando origem a intermináveis horas de especulação aprazível. Se ao menos houvesse aqui alguma coisa em que ela pudesse... bem... cravar os dentes.

Com um sobressalto, percebeu que o major Palgrave abandonara o Quênia em favor da Fronteira Noroeste e estava relatando suas experiências como súdito. Infelizmente, estava lhe perguntando com grande avidez:

– E a senhorita não concorda?

A prática de longa data fizera de Miss Marple uma perita nessa específica situação:

– Não sinto realmente que eu tenha suficiente experiência para julgar. Receio ter levado uma vida um tanto resguardada.

– E fez muito bem, minha cara dama, fez muito bem – o major Palgrave exclamou galantemente.

– O senhor teve uma vida tão diversificada – prosseguiu Miss Marple, determinando-se a reparar a prazerosa desatenção anterior.

– Não foi das piores – disse o major Palgrave complacente. – Não foi das piores mesmo. – Ele lançou em volta um gesto apreciativo. – Um lugar adorável este aqui.

– Sim, sem dúvida – Miss Marple retrucou.

E então ela foi incapaz de se deter:

– Será que alguma coisa jamais acontece por aqui?

O major Palgrave arregalou os olhos.

– Ah, e como... Escândalos de sobra... hã, será? Ora, eu poderia lhe contar...

Mas Miss Marple não queria propriamente escândalos. Não havia nada em que você pudesse cravar os dentes nos escândalos dos dias atuais. Somente homens e mulheres trocando de parceiros – e chamando atenção para isso em vez de tentar decentemente deixar tudo em surdina e sentir o embaraço adequado.

– Houve até mesmo um assassinato aqui alguns anos atrás. Um homem chamado Harry Western. Causou um grande estardalhaço nos jornais. Ouso dizer que a senhorita se lembra do caso.

Miss Marple confirmou com um gesto não muito entusiasmado. Não havia sido um assassinato do tipo que a interessava. Causara um grande estardalhaço sobretudo porque todos os envolvidos eram muito ricos. Parecera bastante provável que Harry Western havia de fato atirado no conde de Ferrari, amante de sua esposa, e igualmente provável que seu conveniente álibi tivesse sido comprado. Ao que parecia, todos haviam estado bêbados, e havia uma bela distribuição de viciados em drogas. Não eram realmente pessoas interessantes, Miss

Marple pensou – embora, sem dúvida, fossem pessoas espetaculares, sedutoras ao *olhar*. Mas com toda certeza não era a praia *dela*.

– E, se a senhorita quiser saber, esse não foi o único assassinato naquele tempo – ele assentiu com a cabeça e piscou. – Eu tinha minhas suspeitas... ah!... bem...

Miss Marple deixou cair seu novelo de lã, e o major se agachou e o apanhou para ela.

– Por falar em assassinato – ele continuou –, certa vez topei com um caso muito curioso... não exatamente em pessoa.

Miss Marple exibiu um sorriso incentivador.

– Eram vários camaradas conversando no clube certo dia, sabe, e um camarada começou a contar uma história. Era um sujeito médico. Um dos pacientes dele. O jovem apareceu e bateu na porta dele no meio da noite. A esposa tinha se enforcado. Eles não tinham telefone, de modo que o camarada tinha cortado a corda e feito tudo o que podia e depois tinha pegado seu carro e disparado como um raio atrás de um médico. Bem, ela não estava morta, porém mais para lá do que para cá. De qualquer jeito, ela escapou. O jovem parecia ter adoração por ela. Chorava como uma criança. Havia notado que ela vinha andando estranha por algum tempo, crises de depressão e tudo mais. Bem, era isso. Tudo parecia em ordem. Mas, na verdade, cerca de um mês depois, a esposa tomou uma overdose de um troço para dormir e faleceu. Caso triste.

O major Palgrave calou-se e fez um gesto afirmativo com a cabeça diversas vezes. Visto que obviamente não era só aquilo, Miss Marple esperou.

– E fica por isso, a gente poderia dizer. Nada de mais. Uma mulher neurótica, nada de extraordinário.

Só que, cerca de um ano depois, esse sujeito médico estava trocando histórias com um colega de profissão... e o outro camarada lhe contou sobre uma mulher que tinha tentado se afogar, o marido a salvou, procurou um médico, eles restabeleceram a mulher... e então, algumas semanas depois, ela se matou com gás. Bem, uma certa coincidência... hein? Mesmo tipo de história. O meu camarada falou: "Eu tive um caso bem parecido. O nome era Jones... (ou sei lá qual era o nome)... Qual era o nome do seu sujeito?". "Não consigo me lembrar. Robinson, acho. Certamente não era Jones." Bem, os camaradas olharam um para o outro e comentaram que era bastante esquisito. E aí o meu camarada sacou uma fotografia. Mostrou a foto para o segundo camarada. "Esse é o sujeito", ele disse. "Eu tinha ido até lá no dia seguinte para conferir como ia tudo e notei uma espécie magnífica de hibisco bem junto à porta da frente, uma variedade que eu nunca tinha visto antes na região. A minha câmera estava no carro e eu tirei uma foto. Quando eu apertei o botão do obturador, o marido saiu pela porta da frente, de modo que o peguei junto. Não creio que ele tenha percebido. Perguntei sobre o hibisco, mas o sujeito não soube me dizer o nome." O segundo médico deu uma olhada na foto. Ele falou: "Está um pouco fora de foco... mas eu poderia jurar... de qualquer forma, tenho quase certeza de que... *é o mesmo homem*!". Não sei se eles tentaram descobrir mais. Só que, se fizeram isso, não encontraram nada. Imagino que o sr. Jones ou Robinson deve ter apagado muito bem suas pegadas. No entanto, uma história estranha, não é mesmo? Ninguém pensaria que uma coisa dessas pudesse acontecer.

– Ah, sim, eu pensaria – Miss Marple retrucou em um tom plácido. – Praticamente todos os dias.

– Ah, ora, ora. Isso já é meio fantástico.

– Se um homem obtiver uma fórmula que funcione... ele não vai parar. Ele vai continuar.

– Como no caso das noivas na banheira... hein?

– Esse tipo de coisa, sim.

– O médico me deixou ficar com aquela foto só por curiosidade...

O major Palgrave começou a revirar uma carteira extremamente estufada enquanto murmurava consigo:

– Um monte de coisas aqui... não sei por que guardo todas essas coisas...

Miss Marple achava que sabia. Eram parte do estoque de reserva do major. Ilustravam seu repertório de histórias. A história que ele acabara de contar, ou pelo menos era o que Miss Marple suspeitava, não tinha sido assim originalmente – tinha sido retrabalhada um bocado nas repetidas narrações.

O major ainda remexia e resmungava:

– Eu tinha esquecido completamente *esse* negócio. Uma mulher atraente como *ela* era, ninguém jamais suspeitaria... Mas *onde*... Ah... isso aqui me faz viajar ao passado... que presas! Eu preciso lhe mostrar...

Ele parou; separou uma pequena cópia fotográfica e ficou contemplando a imagem.

– A senhorita gostaria de ver o retrato de um assassino?

Estava prestes a lhe repassar a foto quando seu movimento foi interrompido de súbito. Assumindo mais do que nunca o aspecto de um sapo empanturrado, o major Palgrave parecia estar olhando fixamente por cima do ombro direito de Miss Marple – de onde vinha um som de passos e vozes que se aproximavam.

– Ora, que maldição... quer dizer...

Ele socou tudo de volta em sua carteira e a colocou no bolso. Seu rosto foi tomado por um matiz ainda mais forte de vermelho arroxeado – ele exclamou com uma voz alta e artificial:

– Como ia dizendo... eu gostaria de ter lhe mostrado aquelas presas de elefante... O maior elefante que eu já abati... Olá! – sua voz adquiriu certo tom caloroso, um tanto espúrio. – Veja só quem apareceu! O grande quarteto... Flora e Fauna... Tiveram alguma sorte hoje?... Hein?

Os passos que se aproximavam se materializaram em quatro dos hóspedes do hotel que Miss Marple já conhecia de vista. Consistiam em dois casais; e Miss Marple, embora não soubesse ainda quais eram seus sobrenomes, sabia que o homem grandalhão com o tufo aprumado de espesso cabelo grisalho era chamado de "Greg"; a loura dourada, sua esposa, era conhecida como Lucky; os outros dois, o homem moreno e magro e sua esposa bonita – mas um tanto maltratada pelo tempo –, eram Edward e Evelyn. Eram botânicos, Miss Marple sabia, e também interessados por pássaros.

– Nenhuma sorte em absoluto – disse Greg. – Nenhuma sorte, pelo menos, em conseguir o que estávamos procurando.

– Não sei se vocês conhecem Miss Marple... Coronel e sra. Hillingdon, e Greg e Lucky Dyson.

Os quatro a cumprimentaram de modo afável, e Lucky disse em voz alta que morreria caso não tomasse um drinque no próximo segundo.

Greg gritou para Tim Kendal, que estava sentado a certa distância com sua esposa, debruçado sobre livros de contabilidade:

– Ei, Tim! Arranje uns drinques para nós.

Ele se dirigiu aos outros:

– Planters Punch?

Os outros concordaram.

– Vai querer o mesmo, Miss Marple?

Miss Marple expressou seu agradecimento, mas ela preferia um suco de limão-galego.

– Um suco de limão-galego, então – declarou Tim Kendal –, e cinco Planters Punches.

– Você quer se juntar a nós, Tim?

– Bem que eu gostaria. Mas preciso dar um jeito nestas contas. Não posso deixar que Molly faça tudo sozinha. Banda de tambores hoje à noite, aliás.

– Ótimo – Lucky exclamou. – Que droga – ela fez uma careta –, estou toda cheia de espinhos. Ai! Edward deliberadamente me jogou contra um espinheiro!

– Adoráveis flores cor-de-rosa – disse Hillingdon.

– E adoráveis espinhos compridos. Você não passa de um bruto sádico, Edward.

– Ao contrário de mim – Greg falou, sorrindo com todos os dentes. – Cheio do leite da bondade humana.

Evelyn Hillingdon sentou-se ao lado de Miss Marple e começou a conversar com ela de um modo desembaraçado e agradável.

Miss Marple deitou seu tricô no colo. Devagar e com certa dificuldade, devido ao reumatismo no pescoço, virou a cabeça por sobre o ombro direito a fim de olhar para trás. A uma pequena distância via-se o grande bangalô ocupado pelo rico sr. Rafiel. Contudo, não havia sinal de vida no bangalô.

Ela retrucava de forma conveniente diante dos comentários de Evelyn (de fato, como as pessoas eram gentis com ela!), mas seus olhos esquadrinhavam pensativamente os rostos dos dois homens.

Edward Hillingdon tinha o semblante de um homem simpático. Quieto, mas com tremendo charme... E Greg – grande, espalhafatoso, com um ar de felicidade...

Ele e Lucky eram canadenses ou americanos, Miss Marple achava.

Ela olhou para o major Palgrave, ainda representando uma *bonomia* meio exagerada demais.

Interessante...

## Capítulo 2

# Miss Marple faz comparações

### I

Tudo estava muito alegre naquela noite no Golden Palm Hotel.

Sentada junto a uma mesinha de canto, Miss Marple olhava em volta com grande interesse. O salão de jantar era um recinto amplo, aberto em três lados para o ar suave, morno e perfumado das Índias Ocidentais. Havia pequenos abajures de mesa, todos suavemente coloridos. A maioria das mulheres usava vestido de noite; ombros e braços bronzeados emergiam de leves estampas de algodão. A própria Miss Marple tinha sido instada pela esposa de seu sobrinho, Joan, da mais doce maneira, a aceitar "um pequeno cheque".

– Porque, tia Jane, vai fazer um calor e tanto por lá, e não me parece que você tenha roupas leves.

Jane Marple lhe agradecera e aceitara o cheque. Ela vinha de uma época na qual era natural que os velhos sustentassem e financiassem os jovens, mas também que os de meia-idade cuidassem dos velhos. Não conseguia, entretanto, forçar-se a comprar qualquer coisa muito *leve*! Em sua idade, raras vezes ela se sentia mais do que agradavelmente aquecida inclusive no clima mais escaldante, e a temperatura em St. Honoré não era efetivamente o que se costuma classificar como "calor tropical". Naquela noite, Miss Marple trajara-se de acordo com as melhores tradições de uma típica fidalga interiorana da Inglaterra – renda cinza.

Não que ela fosse a única pessoa idosa presente. Havia no aposento representantes de todas as idades. Havia magnatas idosos com terceiras ou quartas jovens esposas. Havia casais de meia-idade do norte da Inglaterra. Havia uma jovial família de Caracas, com crianças e tudo. Os diversos países da América do Sul estavam bem representados, todos tagarelavam ruidosamente em espanhol ou português. Havia um sólido pano de fundo inglês com dois clérigos, um médico e um juiz aposentado. Havia inclusive uma família de chineses. O serviço do salão de jantar era conduzido principalmente por mulheres, altas moças negras de porte orgulhoso, vestidas num branco impecável; porém, havia um experiente garçom italiano chefiando as atividades, e um sommelier francês, e havia o olhar atento de Tim Kendal verificando tudo, detendo-se aqui e ali para trocar uma palavra sociável com as pessoas em suas mesas. Sua esposa o secundava com competência. Tratava-se de uma bela jovem. Seu cabelo era de um louro dourado natural, e ela tinha uma boca ampla e generosa que ria com facilidade. Era muito raro que Molly Kendal se mostrasse de mau humor. Sua equipe trabalhava para ela com entusiasmo, e ela adaptava seus modos cuidadosamente ao gosto de seus diferentes hóspedes. Com os homens mais velhos, Molly ria e flertava; as mulheres mais jovens, ela parabenizava pelas roupas.

– Ah, está um arraso este seu vestido de hoje, sra. Dyson. Estou com tanta inveja que seria capaz de arrancá-lo do seu corpo.

No entanto, ela mesma estava muito bem com seu próprio vestido (ou pelo menos era o que Miss Marple pensava), um branco justíssimo com um xale de seda bordado, verde-claro, jogado por sobre os ombros. Lucky apalpava o xale com os dedos.

– Que cor adorável! Eu queria ter um igual.

– Dá para comprar um na loja daqui – Molly lhe falou e seguiu em frente.

Ela não se deteve diante da mesa de Miss Marple. As mulheres idosas ela geralmente deixava para o seu marido. "As queridas velhinhas gostam bem mais de um homem", costumava dizer.

Tim Kendal se aproximou e curvou-se perante Miss Marple.

– Nada de especial que a senhorita queira, por acaso? – perguntou. – Porque basta me dizer... e eu poderia pedir que cozinhassem especialmente para a senhorita. Comida de hotel, e semitropical ainda por cima, não é bem o que a senhorita costuma ter em casa, eu imagino...

Miss Marple sorriu e disse que esse era um dos prazeres de ir para o exterior.

– Está ótimo, então. Mas se *houver* qualquer coisa...

– Tal como?

– Bem... – Tim Kendal exibiu um semblante de dúvida. – Pudim de pão e manteiga? – arriscou.

Miss Marple sorriu e afirmou que, de momento, poderia passar muito tranquilamente sem pudim de pão e manteiga.

Ela pegou a colher e começou a saborear seu sorvete de maracujá com jovial apreciação.

Então a banda de tambores começou a tocar. As bandas de tambores eram uma das principais atrações das ilhas. Verdade seja dita, Miss Marple teria passado muito bem sem a banda. Ela considerava que tais músicos faziam um ruído medonho, desnecessariamente alto. O prazer que todos os demais obtinham com as apresentações era inegável, entretanto, e Miss Marple, no verdadeiro espírito de sua juventude, decidiu que, sendo aquele um mal incontornável, precisava dar um jeito de aprender a gostar da banda. Ela dificilmente poderia solicitar a Tim Kendal que evocasse de algum lugar as melodias brandas do "Danúbio Azul" (tão gracioso – valsar...). Era muito singular o modo como as pessoas dançavam nos dias atuais. Jogando-se para lá e para cá, parecendo um tanto *contorcidas.* Ah, bem, os jovens deviam gostar... Seus pensamentos se interromperam. Porque, pensando bem, poucas daquelas pessoas *eram* jovens. Dança, luzes, a música de uma banda (e ainda uma banda de tambores), tudo aquilo era certamente para *jovens.* Mas onde eles estavam? Estudando, ela supunha, em universidades, ou batalhando num emprego – com férias de duas semanas por ano. Um lugar como aquele era longínquo demais e caro demais. Aquela vida de diversões e despreocupação era toda para pessoas em seus trinta ou quarenta anos – e para os homens velhos que tentavam viver à altura (ou descer à altura) de suas jovens esposas. Parecia, de certa forma, uma *pena.*

Miss Marple suspirou pela juventude. Havia a sra. Kendal, é claro. Esta não tinha mais do que 22 ou 23 anos, provavelmente, e parecia estar se divertindo – mas, mesmo assim, aquilo era um *trabalho* para ela.

A uma mesa próxima estavam sentados o cônego Prescott e sua irmã. Os dois gesticularam para que Miss Marple se juntasse a eles durante o café, e ela aceitou o convite. A srta. Prescott era uma mulher delgada de aspecto severo; o cônego era um homem redondo, rubicundo, exalando cordialidade.

O café foi trazido e as cadeiras foram um pouco afastadas das mesas. A srta. Prescott abriu uma bolsa com material de artesanato e tirou alguns descansos de prato francamente medonhos que estava orlando. Ela deixou Miss Marple completamente inteirada sobre os acontecimentos do dia. Os dois haviam visitado uma nova escola para meninas no período da manhã. Após um descanso à tarde, haviam atravessado a pé uma plantação de cana para tomar chá numa pensão onde estavam hospedados alguns amigos.

Uma vez que os Prescott estavam no Golden Palm havia mais tempo do que Miss Marple, tiveram condições de esclarecê-la sobre alguns dos companheiros hóspedes.

Aquele homem muito velho, o sr. Rafiel. Ele vem todos os anos. Fantasticamente rico! Era dono de uma enorme rede de supermercados no norte da Inglaterra. A jovem que o acompanhava era sua secretária, Esther Walters – uma viúva. (*Decência* total, é claro. Nada de impróprio. Afinal de contas, ele tinha quase oitenta anos!)

Miss Marple aceitou o caráter decente do relacionamento com um aceno compreensivo da cabeça, e o cônego comentou:

– Uma jovem muito simpática; sua mãe, segundo sei, é viúva e vive em Chichester.

– O sr. Rafiel trouxe um criado particular também. Ou uma espécie de enfermeiro ajudante... ele é massagista profissional, acredito. Jackson é o nome dele. O pobre sr. Rafiel é praticamente paralítico. Tão triste... ainda mais com todo aquele dinheiro.

– Um doador generoso e animado – afirmou com aprovação o cônego Prescott.

As pessoas estavam reagrupando-se ao redor, algumas se afastando da banda de tambores, outras se aglomerando diante dela. O major Palgrave juntara-se ao quarteto Hillingdon-Dyson.

– Já essas pessoas ali... – disse a srta. Prescott, baixando a voz um tanto desnecessariamente, visto que a banda de tambores abafava tudo ao natural.

– Sim, eu ia lhe perguntar sobre eles.

– Estiveram aqui no ano passado. Passam três meses todos os anos nas Índias Ocidentais, circulando pelas diversas ilhas. O homem alto e magro é o coronel Hillingdon, e a mulher morena é sua esposa; são botânicos. Os outros dois, o sr. e a sra. Gregory Dyson, são americanos. Ele escreve sobre borboletas, acredito. E todos eles pesquisam sobre pássaros.

– É tão bom que as pessoas tenham hobbies ao ar livre... – observou o cônego Prescott cordialmente.

– Não creio que eles fossem gostar de ouvi-lo chamar suas atividades de hobbies, Jeremy – retrucou sua irmã. – Eles têm artigos publicados na *National Geographic* e no *Royal Horticultural Journal*. Eles se levam muito a sério.

Uma ruidosa gargalhada veio da mesa que os três estavam observando – ruidosa o bastante para sobrepujar a banda de tambores. Gregory Dyson recostava-se na cadeira e batia na mesa, sua esposa protestava; o major Palgrave esvaziava seu copo e parecia estar aplaudindo.

Eles dificilmente poderiam ser classificados, naquele momento, como pessoas que se levavam a sério.

– O major Palgrave não deveria beber tanto – a srta. Prescott comentou em tom ácido. – Ele sofre de pressão alta.

Um novo suprimento de Planters Punches foi servido na mesa.

– É tão bom identificar as pessoas... – disse Miss Marple. – Quando me apresentaram a eles hoje à tarde, eu não sabia dizer ao certo quem era casado com quem.

Houve um ligeiro silêncio. A srta. Prescott tossiu uma tosse seca e breve antes de dizer:

– Bem, quanto a isso...

– Joan... – falou o cônego com um tom repreensivo. – Talvez seja sensato não dizer mais nada.

– Ora essa, Jeremy, eu não ia dizer *nada*. Somente que, no ano passado, por alguma razão ou outra... eu realmente não sei *por quê*... nós ficamos com a impressão de que a sra. Dyson era a sra. Hillingdon, até que alguém nos contou que não era.

– É esquisito como ficamos com certas impressões, não é mesmo? – Miss Marple comentou em tom inocente.

Seu olhar se encontrou com o da srta. Prescott por um momento. Um lampejo de compreensão feminina foi compartilhado pelas duas.

Um homem mais perceptivo do que o cônego Prescott poderia ter sentido que era indesejado ali.

Outro sinal foi transmitido entre as mulheres – dizendo tão claramente como se as palavras tivessem sido proferidas: "*Numa outra ocasião...*".

– O sr. Dyson chama sua esposa de "Lucky".* É o nome verdadeiro dela ou um apelido? – Miss Marple perguntou.

– Acho difícil que seja o nome verdadeiro dela.

– Ocorreu que eu perguntei ao sr. Dyson – disse o cônego. – Respondeu que a chamava de Lucky porque ela era seu amuleto da sorte. Se ele a perdesse, falou, perderia sua sorte. Uma bela explicação, eu achei.

– Ele gosta muito de fazer gracejos – disse a srta. Prescott.

O cônego olhou para a sua irmã com certa dúvida.

A banda de tambores se superou com uma frenética explosão de cacofonia, e uma trupe de dançarinos veio correndo pelo salão.

Miss Marple e os demais viraram suas cadeiras para observar. Ela gostou mais da dança do que da música – gostou do movimento arrastado dos pés e do balanço

* "Sortuda". (N.T.)

ritmado dos corpos. Aquilo parecia, pensou, muito *real*. Tinha uma espécie de poder eufemístico.

Naquela noite ela começava, pela primeira vez, a se sentir ligeiramente à vontade no novo ambiente... Até ali, faltara-lhe o que costumava encontrar com grande facilidade: semelhanças nas pessoas às quais era apresentada com pessoas que já conhecia. Possivelmente se deixara ofuscar pelas roupas alegres e pelas cores exóticas; dentro em breve, sentia, conseguiria fazer algumas comparações interessantes.

Molly Kendal, por exemplo, era como aquela moça simpática de cujo nome não se lembrava, mas que era uma cobradora no ônibus de Market Basing. Ajudava você a entrar e nunca dava sinal para o ônibus seguir até se certificar de que você estivesse sentada com segurança. Tim Kendal era um tantinho parecido com o garçom-chefe do Royal George em Medchester. Autoconfiante, mas, ao mesmo tempo, preocupado. (O garçom tivera uma úlcera, ela recordou.) Quanto ao major Palgrave, era indistinguível do general Leroy, do capitão Flemming, do almirante Wicklow e do comandante Richardson. Miss Marple passou para alguém mais interessante. Greg, por exemplo. Greg era difícil, porque era americano. Uma pitada de Sir George Trollope, talvez, sempre tão cheio de piadas nas reuniões da Defesa Civil – ou quem sabe o sr. Murdoch, o açougueiro. O sr. Murdoch tinha uma péssima reputação, mas algumas pessoas diziam que era só fofoca, que o próprio sr. Murdoch gostava de incentivar os rumores! E o que dizer de "Lucky"? Bem, essa era fácil – Marleen do Three Crowns. Evelyn Hillingdon? Miss Marple não conseguia encaixar Evelyn precisamente. Na aparência ela se encaixava em muitos papéis – as inglesas altas, magras e maltratadas pelo tempo eram abundantes. Lady Caroline Wolfe, primeira esposa de Peter Wolfe, que cometera suicídio? Ou ainda Leslie James – aquela mulher tranquila que raramente demonstrava o que sentia e que vendera sua casa e saíra sem dizer a ninguém que estava partindo. O coronel Hillingdon? Nenhuma pista imediata nesse caso. Ela precisaria conhecê-lo melhor primeiro. Um típico homem quieto com boas maneiras. Você nunca sabia o que sujeitos assim estavam pensando. Às vezes eles surpreendiam. O major Harper, ela recordou, cortara discretamente a própria garganta certo dia. Ninguém nunca soube o porquê. Miss Marple achava que sabia – mas nunca tivera plena certeza...

Seus olhos desviaram-se para a mesa do sr. Rafiel. A coisa mais importante que se sabia sobre ele é que era incrivelmente rico, vinha todos os anos às Índias Ocidentais, era semiparalítico e tinha o aspecto de uma velha e enrugada ave de rapina. Suas roupas pendiam folgadamente em seu corpo encolhido. Ele poderia passar por um homem de setenta ou oitenta anos, ou até mesmo noventa. Seus olhos eram perspicazes e ele se mostrava rude com muita frequência, mas as pessoas raramente ficavam ofendidas, em parte porque era tão rico e em parte por causa de sua personalidade avassaladora, que deixava o interlocutor hipnotizado e com a sensação de que, de alguma forma, o sr. Rafiel tinha o direito de ser rude se assim quisesse.

Com ele estava sentada sua secretária, a sra. Walters. Ela tinha cabelos cor de milho e um rosto afável. O sr. Rafiel costumava ser muito rude com ela, mas a sra. Walters nunca parecia levar isso em consideração. A mulher era mais abstraída do que subserviente. Comportava-se como uma bem capacitada enfermeira de hospital. Possivelmente, pensou Miss Marple, ela tinha sido uma enfermeira de hospital.

Um jovem alto e bem-apessoado, usando uma jaqueta branca, veio posicionar-se de pé junto à cadeira do sr. Rafiel. O velho levantou os olhos para ele, assentiu com a cabeça e então lhe indicou uma cadeira com um gesto. O jovem sentou-se conforme ordenado. "O sr. Jackson, eu presumo", Miss Marple disse consigo. "Seu criado ajudante."

Ela estudou o sr. Jackson com alguma atenção.

## II

No bar, Molly Kendal esticou as costas e tirou os sapatos de salto alto. Tim veio do terraço para se juntar a ela. Os dois tinham o bar somente para eles naquele momento.

– Cansada, querida? – ele perguntou.

– Só um pouquinho. Parece que estou sentindo meus pés nesta noite.

– Não está sendo demais para você, está? Tudo isso? Eu sei que é trabalho duro.

Ele olhou para Molly com ansiedade. Ela riu.

– Ah, Tim, não seja ridículo. Eu adoro este lugar. É deslumbrante. O tipo de sonho que eu sempre tive se transformando em realidade.

– Sim, é bem tranquilo... quando a gente é apenas um hóspede. Mas quando comandamos o espetáculo... aí o trabalho é grande.

– Bem, não se consegue algo do nada, certo? – Molly falou com sensatez.

Tim Kendal franziu o cenho.

– Você acha que está tudo indo bem? Um sucesso? Estamos trilhando um bom caminho?

– É claro que estamos.

– Você não acha que as pessoas estão dizendo "Quando os Sanderson estavam aqui era melhor"?

– É claro que *alguém* vai dizer isso... alguém sempre diz! Mas é um típico comentário retrógrado. Tenho certeza de que estamos nos saindo bem melhor na função do que eles. Somos mais glamorosos. Você enfeitiça as gatas velhas e dá um jeito de passar a impressão de que gostaria de fazer amor com as desesperadas de quarenta e cinquenta anos, e eu vou distribuindo olhares lascivos para os cavalheiros mais velhos e faço com que se sintam machos conquistadores... ou interpreto a doce filhinha que os sentimentais gostariam de ter tido. Ah, nós temos tudo esplendidamente amarrado...

O cenho de Tim se abriu.

– Contanto que *você* pense assim... Eu fico assustado. Nós arriscamos tudo fazendo disso aqui um emprego. Eu abandonei o meu antigo trabalho...

– E fez muito bem – Molly logo interveio. – Era deprimente.

Ele riu e beijou-lhe a ponta do nariz.

– Estou lhe dizendo que temos tudo amarrado – ela repetiu. – Por que você sempre se preocupa?

– Nasci assim, eu acho. Fico sempre pensando... e se algo desse errado?

– Que tipo de coisa?

– Ah, não sei. Alguém poderia se afogar.

– Não os nossos hóspedes. É uma das mais seguras de todas as praias. E nós temos aquele sueco corpulento sempre de guarda.

– Tolice minha – disse Tim Kendal.

Ele hesitou – e então prosseguiu:

– Você... não teve mais algum daqueles sonhos, teve?

– Era efeito dos mariscos – Molly falou e riu.

## Capítulo 3

# Uma morte no hotel

Miss Marple recebeu seu café da manhã na cama como de costume. Chá, um ovo cozido e uma fatia de papaia.

As frutas na ilha, Miss Marple pensou, eram bem decepcionantes. Sempre parecia papaia. Se ela pudesse comer agora uma bela maçã – mas as maçãs pareciam ser desconhecidas.

Agora que já tinha permanecido ali uma semana, Miss Marple havia se curado do impulso de perguntar como estava o tempo. O tempo era sempre o mesmo – bom. Nenhuma variação interessante.

"O clima esplendoroso de um dia inglês", ela murmurou consigo, perguntando a si mesma se era uma citação ou uma criação sua.

Ocorriam, é claro, furacões, ou era o que lhe diziam. Porém, furacão não era clima na acepção de Miss Marple – entrava mais na categoria de um Ato Divino. Ocorriam chuvas, breves e violentos aguaceiros que duravam cinco minutos e paravam abruptamente. Tudo e todos ficavam encharcados de água, mas cinco minutos depois já estavam secos outra vez.

A mocinha negra nativa sorriu e deu bom-dia enquanto deitava no colo de Miss Marple a bandeja. Dentes brancos tão adoráveis, além de tão feliz e sorridente... Todas aquelas jovens tinham temperamentos encantadores, e era uma pena que fossem tão avessas ao casamento. Isso preocupava o cônego Prescott um bocado. Batizados de sobra, ele disse, tentando se consolar, mas nada de casamento.

Miss Marple tomou seu café da manhã e decidiu como passaria o dia. Não foi preciso decidir grande coisa. Ela se levantaria sem pressa, movendo-se devagar porque fazia bastante calor e seus dedos já não eram tão ágeis como costumavam ser. Então, descansaria por uns dez minutos antes de pegar seu tricô e caminhar lentamente na direção do hotel e decidir onde se instalaria. No terraço, com o panorama do mar? Ou seria melhor ir à praia para observar os banhistas e as crianças? Esta última opção era mais frequente. À tarde, após o descanso, ela poderia dar um passeio de carro. Realmente não importava muito.

Aquele seria um dia como qualquer outro dia, Miss Marple disse consigo.

Mas não foi, é claro.

Miss Marple seguiu seu programa conforme planejado e avançava lentamente pela trilha na direção do hotel quando encontrou Molly Kendal. Pela primeira vez a luminosa jovem não estava sorrindo. Seu ar de perturbação era tão atípico que Miss Marple falou de imediato:

– Minha querida, aconteceu alguma coisa?

Molly assentiu com a cabeça. Ela hesitou e então disse:

– Bem, a senhorita precisa saber... todos precisam saber. É o major Palgrave. Ele está morto.

– Morto?

– Sim. Ele morreu durante a noite.

– Minha nossa, eu sinto *muito*.

– Sim, é horrível que uma morte tenha ocorrido aqui. Isso deixa todo mundo deprimido. É claro... ele já *era* bem velho.

– Ele parecia muito bem, muito animado ontem – Miss Marple comentou, ligeiramente ressentida com a suposição de que toda pessoa de idade avançada era passível de morrer a qualquer minuto.

– Ele tinha pressão alta – disse Molly.

– Mas por certo existem coisas que a pessoa pode tomar hoje em dia... alguma espécie de comprimido. A ciência é tão maravilhosa...

– Ah, sim, mas talvez o major tenha esquecido de tomar seus comprimidos, ou tenha tomado comprimidos demais. Como insulina, sabe...

Miss Marple achava que diabetes e pressão alta não eram nem de longe a mesma coisa. Ela perguntou:

– Qual é o parecer do médico?

– Ah, o dr. Graham, que já está praticamente aposentado e mora no hotel, deu uma olhada no major, e as autoridades apareceram, é claro, para dar um certificado de óbito, mas parece que foi tudo normal. Esse tipo de coisa é bem passível de acontecer quando você tem pressão alta, sobretudo se você exagera no álcool, e o major Palgrave era realmente bem atrevido nesse sentido. Ontem à noite, por exemplo.

– Sim, eu notei – disse Miss Marple.

– Ele provavelmente se esqueceu de tomar seus comprimidos. Um tremendo azar para o velho rapaz... mas as pessoas não podem viver para sempre, não é mesmo? Mas é terrivelmente preocupante... para mim e para Tim, eu quero dizer. As pessoas poderiam insinuar que foi algo na comida.

– Mas sem dúvida os sintomas de intoxicação alimentar e de pressão arterial são *bem* diferentes...

– Sim. Mas as pessoas *dizem* mesmo qualquer coisa com tanta tranquilidade... E se as pessoas decidissem que a comida estava estragada... e fossem embora... ou contassem aos amigos...

– Eu realmente não creio que a senhora precise se preocupar – Miss Marple falou com gentileza. – Como a senhora disse, um homem idoso como era o major

Palgrave... ele decerto tinha mais de setenta anos... é bem passível de morrer. A maioria das pessoas vai considerar esse acontecimento como algo bastante normal... triste, mas nem um pouco extraordinário.

– Se ao menos – Molly comentou com um ar infeliz – não tivesse sido tão *repentino*...

Sim, havia sido muito repentino, Miss Marple pensou enquanto seguia caminhando a passos lentos. Lá estivera ele na noite passada, rindo e conversando na maior animação com os Hillingdon e os Dyson.

Os Hillingdon e os Dyson... Miss Marple desacelerou ainda mais os passos... Por fim ela parou abruptamente. Em vez de ir até a praia, instalou-se num canto sombreado do terraço. Ela tirou seu tricô e as agulhas começaram a estalar em velocidade, como se estivessem tentando acompanhar a rapidez de seus pensamentos. *Não estava gostando... não, não estava gostando. Era tão providencial...*

Miss Marple repassou em sua mente os acontecimentos do dia anterior.

O major Palgrave e suas histórias...

Eram histórias corriqueiras, e você não precisava prestar grande atenção... Mas teria sido melhor, talvez, se ela tivesse prestado.

O Quênia... ele falara sobre o Quênia e depois sobre a Índia – depois sobre a Fronteira Noroeste – depois, por alguma razão, eles haviam passado para o tema do assassinato – E mesmo *nesse* tópico ela não lhe dera realmente atenção...

Certo caso famoso que acontecera ali – que aparecera nos jornais...

Foi depois disso, quando ele apanhou o novelo de lã, que o major começou a lhe falar sobre uma fotografia – *O retrato de um assassino* – é o que ele dissera.

Miss Marple fechou os olhos e tentou recordar os exatos pormenores daquela história.

Tinha sido uma história um tanto confusa – contada para o major em seu clube – ou no clube de outra pessoa – contada por um médico – que a escutara de outro médico – e um médico batera uma foto de alguém que saía por uma porta da frente – alguém que era um assassino...

Sim, era isso – os diversos detalhes estavam voltando-lhe à mente agora.

E ele propusera mostrar-lhe aquela foto. Havia sacado sua carteira e começado a escarafunchar o conteúdo – com a maior calma do mundo...

E então, ainda falando, levantara os olhos e olhara, não para ela, mas para algo atrás dela – atrás de seu ombro direito, para situar com precisão. E havia parado de falar, seu rosto ficara roxo e começara a socar tudo de volta em sua carteira com mãos levemente trêmulas e passado a falar com uma voz alta e artificial sobre presas de elefantes!

Um instante depois, os Hillingdon e os Dyson haviam se juntado a eles...

Só então ela tinha virado a cabeça por sobre o ombro direito para olhar... Mas não encontrara nada e ninguém para ver. À esquerda, a certa distância, na direção do hotel, Miss Marple enxergara Tim Kendal e sua esposa, e além deles uma família de venezuelanos. Mas o major Palgrave não olhara naquela direção...

Miss Marple ficou refletindo até a hora do almoço.

Depois do almoço, não fez seu passeio de carro.

Em vez disso, mandou uma mensagem dizendo que não estava se sentindo muito bem e perguntando se o dr. Graham poderia fazer a bondade de vir ao encontro dela.

## Capítulo 4

# Miss Marple procura atendimento médico

O dr. Graham era um homem afável com cerca de 65 anos. Havia exercido sua profissão nas Índias Ocidentais por vários anos, mas agora estava semiaposentado, deixando a maior parte de seu trabalho para os colegas nativos. Ele cumprimentou Miss Marple com palavras amáveis e perguntou-lhe qual era o incômodo. Na idade de Miss Marple, por sorte, havia sempre alguma moléstia que podia ser discutida com leves exageros de parte da paciente. Miss Marple hesitou entre "seu ombro" e "seu joelho", mas por fim se decidiu pelo joelho. O joelho de Miss Marple, como ela poderia ter dito a si mesma, estava sempre a seu lado.

O dr. Graham foi extremamente bondoso, mas absteve-se de expressar em palavras o fato de que, naquela altura da vida, tais incômodos eram quase inevitáveis. Prescreveu-lhe uma das úteis marcas de comprimidos que são a base das prescrições de um médico. Sabendo por experiência própria que muitas pessoas idosas costumavam sentir-se solitárias nos primeiros dias em St. Honoré, permaneceu um pouco, conversando amavelmente.

"Um homem muito simpático", Miss Marple pensou consigo, "e eu realmente me sinto um tanto envergonhada por ter de mentir para ele. Mas não consigo imaginar o que mais posso fazer."

Miss Marple havia sido criada de modo a guardar o devido respeito pela verdade, e era de fato, por natureza, uma pessoa muito verdadeira. Todavia, em certas ocasiões, quando considerava que era seu dever fazê-lo, conseguia mentir com uma verossimilhança realmente assombrosa.

Ela limpou a garganta, soltou uma pequena tosse de desculpas e disse com um tom ligeiramente gorjeante de velhinha:

– Há uma coisa, dr. Graham, que eu gostaria de lhe pedir. Na verdade, nem gosto de tocar no assunto... mas não consigo imaginar o que mais posso fazer... embora, é claro, não tenha *grande* importância, na verdade. Mas, perceba, é importante para *mim*. Espero que o senhor entenda e não considere o meu pedido maçante ou... ou imperdoável em qualquer sentido.

Essa introdução o dr. Graham replicou com gentileza:

– Algo a inquieta? Permita-me ajudar, por favor.

– É algo relacionado ao major Palgrave. *Tão* triste a morte dele... Foi um tremendo choque quando fiquei sabendo nesta manhã.

– Sim – disse o dr. Graham –, foi muito repentino, receio. Ele parecia tão animado ontem...

O médico falava com amabilidade, mas em tom convencional. Para ele, estava claro, a morte do major Palgrave não apresentava nada fora do comum. Miss Marple especulou se não estaria realmente vendo algo onde não havia nada. Será que o seu hábito de suspeitar de tudo estava levando a melhor sobre ela? Talvez ela já não pudesse confiar em seu próprio julgamento. Não que se tratasse de um julgamento, na verdade; era só suspeita. De todo modo, agora ela tinha começado! Precisava continuar.

– Nós estávamos tendo uma conversa ontem – ela disse. – Ele estava me falando sobre a vida muito diversificada e interessante que levara. Inúmeras partes estranhas do planeta...

– Sim, de fato – retrucou o dr. Graham, que se entediara várias vezes com as reminiscências do major.

– E então ele falou de sua família, ou melhor, de sua meninice, e eu lhe falei um pouco sobre os meus próprios sobrinhos e sobrinhas e ele ficou ouvindo com muita simpatia. E eu lhe mostrei uma fotografia que tinha comigo de um dos meus sobrinhos. Um menino tão querido... quer dizer, não exatamente um menino agora, mas sempre um menino para *mim*, se é que o senhor entende.

– Claro que sim – disse o dr. Graham, tentando imaginar quanto tempo a velhinha levaria para chegar de uma vez ao ponto.

– Eu havia passado a foto para o major, e ele a estava examinando, quando, de repente, aquelas pessoas... aquelas adoráveis pessoas que colecionam flores e borboletas, o coronel e a sra. Hillingdon, se não estou enganada...

– Ah é? Os Hillingdon e os Dyson.

– Sim, isso mesmo. Eles apareceram de súbito, rindo e conversando. Sentaram-se, pediram drinques, e ficamos conversando. Foi muito agradável. Só que, sem pensar, o major Palgrave deve ter guardado minha foto em sua carteira e enfiado a carteira de volta no bolso. Eu não estava muito atenta na ocasião, mas me lembrei depois e disse comigo: "Não posso esquecer de pedir ao major que me devolva o meu retrato de Denzil". *Cheguei* a pensar nisso ontem à noite, em meio à dança e à música da banda, mas não quis interromper o major naquele momento, porque eles estavam se divertindo a valer juntos, e eu pensei: "Vou lembrar de lhe pedir isso amanhã de manhã". Só que nesta manhã... – Miss Marple fez uma pausa, sem fôlego.

– Sim, sim – disse o dr. Graham –, eu entendo muito bem. E a senhorita... bem, naturalmente a senhorita quer a fotografia de volta. É isso?

Miss Marple fez um gesto de ávida concordância com a cabeça.

– Sim. É isso. Perceba, é o único que tenho e não tenho o negativo. Eu detestaria perder essa foto, porque o pobre Denzil morreu uns cinco ou seis anos atrás e era o meu sobrinho favorito. É a única recordação que tenho dele. Eu estava imaginando... esperava... é um tanto maçante da minha parte lhe pedir... se de alguma maneira o senhor poderia dar um jeito de pegar essa foto para mim? Eu realmente não sei a quem mais pedir... Não sei quem vai cuidar de todos os pertences do major e coisas assim. É tudo tão difícil... Eles iriam considerar isso uma tremenda importunação da minha parte. Perceba, eles não entendem. Ninguém conseguiria de fato entender o que essa foto significa para mim.

– É claro, é claro – disse o dr. Graham. – Eu entendo perfeitamente. Um sentimento muitíssimo natural da sua parte. Na verdade, vou encontrar as autoridades locais em breve... O funeral é amanhã, e alguém do gabinete do administrador virá para dar uma olhada nos documentos e bens do major antes de se comunicar com os parentes mais próximos... esse tipo de coisa. Se a senhorita pudesse descrever essa foto...

– Era só a fachada de uma casa – disse Miss Marple. – E alguém... Denzil, eu quero dizer... estava justamente saindo pela porta da frente. Como falei, foi tirada por um dos meus outros sobrinhos, que adora exposições de flores... e estava fotografando um hibisco, creio eu, um daqueles lindos (como um antepasto) lírios. Ocorreu que Denzil justamente acabara de sair pela porta da frente naquele momento. Não era uma fotografia muito boa... um pouquinho desfocada... mas eu gostava dela e sempre a mantive comigo.

– Bem – disse o dr. Graham –, essa descrição me basta. Creio que não teremos dificuldade para recuperar a sua foto, Miss Marple.

Ele se levantou de seu assento. Miss Marple lançou-lhe um sorriso.

– É muita bondade da sua parte, dr. Graham, muita bondade *mesmo*. O senhor entende, não entende?

– É claro que sim, é claro que sim – disse o dr. Graham, apertando-lhe calorosamente a mão. – Trate de não se preocupar. Exercite esse joelho todos os dias com cuidado, mas não demais, e eu vou lhe mandar esses comprimidos. Tome um três vezes por dia.

## Capítulo 5

# Miss Marple toma uma decisão

A cerimônia fúnebre foi realizada diante do corpo do falecido major Palgrave no dia seguinte. Miss Marple compareceu acompanhada da srta. Prescott. O cônego comandou a cerimônia – depois disso, a vida prosseguiu como de costume.

A morte do major Palgrave já era só um incidente, um incidente ligeiramente desagradável, mas que logo foi esquecido. A vida ali era o sol, o mar e os prazeres sociais. Um visitante sinistro interrompera essas atividades, lançando uma sombra momentânea, porém a sombra estava desfeita agora. Afinal de contas, ninguém conhecera muito bem o falecido. O major mostrara-se um idoso bastante falastrão, do tipo "chato do clube", sempre rememorando lembranças que você não tinha o menor desejo de ouvir. Poucas coisas o enraizavam em alguma parte específica do mundo. Sua esposa morrera muitos anos antes. Ele tivera uma vida solitária e uma morte solitária. Contudo, havia sido um tipo de solidão que envolvia viver em meio às pessoas e passar o tempo assim de um modo nada desagradável. O major Palgrave podia ter sido um homem solitário, mas também tinha sido um homem bastante jovial. Ele desfrutara de uma versão particular de divertimento. Agora estava morto e enterrado, e ninguém se importava muito; passada uma semana, ninguém sequer se lembraria dele ou lhe dedicaria um pensamento passageiro.

A única pessoa de quem se poderia dizer que sentia sua falta era Miss Marple. Não de fato por qualquer afeto pessoal, mas ele representava uma espécie de vida que ela conhecia. Enquanto vai envelhecendo, assim ela refletia consigo, a pessoa vai se habituando cada vez mais a ouvir – ouvir possivelmente sem qualquer grande interesse; todavia, houvera entre ela e o major o delicado dar e receber de duas pessoas idosas. Havia nisso uma qualidade humana e jovial. Ela não chegou a prantear pelo major Palgrave, mas sentia falta dele.

Na tarde que se seguiu ao funeral, enquanto tricotava em seu assento favorito, o dr. Graham se aproximou e juntou-se a ela. Miss Marple largou suas agulhas no colo e o cumprimentou. Ele falou de pronto, um tanto constrangido:

– Receio ter notícias um tanto desapontadoras, Miss Marple.

– É mesmo? Sobre a minha...

– Sim. Não encontramos a sua preciosa fotografia. Receio que isso será um desapontamento para a senhorita.

– Sim. É sim. Mas, no fundo, não tem *realmente* importância. Era uma mera questão sentimental. Percebo isso agora. Não estava no bolso do major Palgrave?

– E tampouco em qualquer outro lugar entre as coisas dele. Havia cartas, recortes de jornal e miudezas, algumas fotografias velhas, mas nenhum sinal de uma foto tal como mencionado pela senhorita.

– Ah, minha nossa – disse Miss Marple. – Bem, não há o que fazer... Muito obrigada, dr. Graham, pelo trabalho que o senhor teve.

– Ah, não foi trabalho nenhum. Sei muito bem, por experiência própria, o quanto essas pequenas coisas de família podem significar para uma pessoa, sobretudo para as mais velhas.

A velhinha estava realmente reagindo muito bem, o dr. Graham pensou. O major Palgrave, ele presumiu, provavelmente topara com a foto enquanto tirava algo da carteira, e, sem sequer entender como tinha ido parar ali, rasgara-o como uma coisa sem importância. No entanto, é claro que a importância era enorme para aquela velhinha. Ela se mostrava bastante filosófica e jovial diante da perda.

No íntimo, porém, Miss Marple estava longe de se sentir filosófica ou jovial. Ela precisava de algum tempo para repensar tudo, mas também estava determinada a usar suas presentes oportunidades com o máximo proveito.

Entabulou conversação com o dr. Graham com uma avidez que nem tentou esconder. O afável homem, atribuindo a torrente de palavras de Miss Marple à solidão natural de uma idosa, empenhou-se para distrair sua mente da perda da foto – conversando com fluência e amabilidade sobre a vida em St. Honoré e sobre os vários lugares interessantes que Miss Marple talvez pudesse gostar de visitar. Ele mesmo mal se deu conta de como a conversa foi parar de volta no falecimento do major Palgrave.

– Parece tão triste – disse Miss Marple – pensar em alguém morrendo dessa maneira, longe de casa. Mas deduzo, a partir do que o major me contou, que ele não tinha familiares próximos. Ao que parece, morava sozinho em Londres.

– O major viajava com boa regularidade, acredito – disse o dr. Graham. – Pelo menos no inverno. Não gostava dos nossos invernos ingleses. Não o culpo por isso.

– É verdade – disse Miss Marple. – E talvez ele tivesse alguma razão especial, como pulmões fracos ou alguma condição que o obrigasse a passar o inverno no exterior...

– Ah, não, acho que não.

– Ele tinha pressão alta, creio eu. Tão triste... A gente ouve falar tanto disso hoje em dia...

– O major lhe falou sobre isso?

– Não, não. *Ele* não chegou a mencionar o fato. Foi outra pessoa que me contou.

– Ah, não diga...

– Suponho – Miss Marple continuou – que a morte seria de se esperar em tais circunstâncias.

– Não necessariamente – disse o dr. Graham. – Existem hoje métodos para controlar a pressão arterial.

– Sua morte *pareceu* muito repentina... mas *o senhor*, eu suponho, não deve ter ficado surpreso.

– Bem, eu não fiquei particularmente surpreso, tratando-se de um homem daquela idade. Mas certamente não esperava. Sendo sincero, ele sempre me pareceu estar em ótima forma, mas eu nunca o atendera profissionalmente. Nunca medira sua pressão arterial ou qualquer coisa desse tipo.

– É possível saber... quero dizer, é possível que um médico saiba que um homem tem pressão alta só de olhar para ele? – Miss Marple indagou com a mais pura inocência.

– Não só de olhar – o médico respondeu com um sorriso. – É preciso fazer um teste.

– Ah, entendo. Aquele negócio tenebroso em que você coloca uma tira de borracha em volta do braço de alguém e vai bombeando ar naquilo... não gosto *nem um pouco* desse negócio. Mas o meu médico disse que a minha pressão arterial era realmente ótima para a minha idade.

– Ora, que bom saber... – disse o dr. Graham.

– É claro, o major *era* bastante chegado a um Planters Punch – Miss Marple comentou pensativa.

– Verdade. Não é a melhor coisa para pressão alta, o álcool.

– Você pode tomar comprimidos, não é mesmo? Foi o que me disseram...

– Sim. Existem diversos no mercado. Havia um frasco de uma marca no quarto dele: Serenite.

– A ciência é tão maravilhosa hoje em dia – Miss Marple retrucou. – Os médicos podem fazer tanta coisa, não é mesmo?

– Todos nós enfrentamos um grande competidor – disse o dr. Graham. – A natureza... E alguns dos bons e antiquados remédios caseiros voltam de tempos em tempos.

– Como colocar teias de aranha num corte? – Miss Marple perguntou. – Nós sempre fazíamos isso quando éramos crianças.

– Muito sensato – disse o dr. Graham.

– E um cataplasma de linhaça no peito, ou esfregar óleo canforado quando a tosse era complicada.

– Estou vendo que a senhorita sabe tudo! – o dr. Graham falou com uma risada, levantando-se. – Como vai o joelho? Não está incomodando demais?

– Não, parece estar muito melhor.

– Ora, não precisamos decidir se foi a natureza ou se foram os meus comprimidos – disse o dr. Graham. – Lamento não ter podido ajudá-la mais.

– Mas o senhor foi bondoso ao extremo... e fico realmente envergonhada por tomar o seu tempo. O senhor afirmou antes, por acaso, que não havia nenhuma foto na carteira do major?

– Ah, havia... uma muito antiga do próprio major bem jovem montando um cavalo de polo... e uma de um tigre morto. Ele estava posando com um pé em cima do animal. Fotografias desse tipo. Recordações de sua juventude. Mas procurei com grande cuidado, eu lhe garanto, e a foto que a senhorita descreveu do seu sobrinho definitivamente não estava junto...

– Ah, tenho certeza de que o senhor procurou com muito cuidado... não quis dizer isso... eu só estava interessada em saber. Todo mundo tende a guardar coisas tão esquisitas...

– Tesouros do passado – o médico falou sorrindo.

Ele se despediu e partiu.

Miss Marple ficou observando, pensativa, as palmeiras e o mar. Não voltou a pegar seu tricô por alguns minutos. Sabia de um fato agora. Precisava pensar sobre esse fato e sobre o seu significado. A foto que o major havia tirado da carteira e guardado de novo com tanta pressa *não estava na carteira depois de sua morte*. Não era o tipo de coisa que o major jogaria fora. Ele guardara na carteira a foto, que deveria ter sido encontrada ali após sua morte. Uma soma em dinheiro poderia ter sido roubada, mas ninguém desejaria roubar uma fotografia. Isto é, a menos que alguém tivesse uma razão especial para fazê-lo...

O rosto de Miss Marple estava sério. Ela tinha de tomar uma decisão. Deveria permitir que o major Palgrave repousasse tranquilamente em seu túmulo? Ou não? Não seria melhor fazer simplesmente isso? Ela citou baixinho: "Duncan está morto. Após a febre intermitente da vida, dorme bem!". Nada poderia ferir o major Palgrave agora. Ele partira para onde o perigo não poderia tocá-lo. Seria só uma coincidência que ele tivesse morrido naquela específica noite? Ou bem possivelmente poderia *não* ser uma coincidência? Os médicos aceitavam as mortes dos homens idosos com tanta facilidade... Sobretudo quando, em seu quarto, tivesse sido encontrado um frasco dos comprimidos que as pessoas com pressão alta precisavam tomar todos os dias de suas vidas. Contudo, se alguém tirara o retrato da carteira do major, essa mesma pessoa poderia ter colocado aquele frasco de comprimidos no quarto do major. Ela mesma não se lembrava de jamais ter *visto* o major tomar comprimidos; ele nunca lhe falara sobre a sua pressão arterial. A única coisa que havia chegado a dizer sobre a sua saúde era uma admissão: "Já não sou tão jovem". Por vezes ele se mostrara um tanto asmático e faltara-lhe um pouco de ar, nada mais. Contudo, alguém havia mencionado que o major Palgrave tinha pressão alta... Molly? A srta. Prescott? Ela não conseguia se lembrar.

Miss Marple suspirou e então dirigiu a si mesma palavras de repreensão, embora não tenha falado tais palavras em voz alta: "Ora, Jane, o que você está sugerindo ou pensando? Você não está, por acaso, simplesmente inventando a história toda? Você *realmente* tem elementos para construir algo?".

Ela refez passo por passo, com a maior precisão possível, a conversa que tivera com o major sobre o tema do assassinato e dos assassinos.

– Minha nossa – disse Miss Marple. – Mesmo se... realmente, *não* vejo como eu *poderia* fazer qualquer coisa em relação a isso...

Mas sabia que pretendia tentar.

# Capítulo 6

# Na madrugada

## I

Miss Marple acordou cedo. Como muitas pessoas de idade avançada, tinha um sono leve com períodos de vigília, os quais usava para o planejamento de certa ação ou certas ações que executaria no próximo dia ou nos dias seguintes. Quase sempre, é claro, tais ações eram de uma natureza totalmente doméstica ou privada, de pouco interesse para qualquer pessoa exceto ela mesma. Naquela manhã, porém, Miss Marple repousava em sua cama pensando de modo sóbrio e construtivo em assassinato e em como poderia, se suas suspeitas estivessem corretas, agir em relação ao fato. Não seria fácil. Ela só dispunha de uma única arma, e essa arma era a conversa.

Senhoras de idade costumam adorar conversações aleatórias. As pessoas ficam entediadas com esse costume, mas certamente não suspeitariam de quaisquer segundas intenções. Não seria o caso de fazer perguntas diretas (com efeito, ela teria enfrentado dificuldades para saber que perguntas fazer!). Seria uma questão de descobrir um pouco mais a respeito de certas pessoas.

Poderia descobrir, possivelmente, um pouco mais sobre o major Palgrave, mas será que isso seria de fato proveitoso? Ela duvidava que pudesse ser. Se o major Palgrave havia sido assassinado, isso não acontecera por causa de segredos em sua vida ou por interesse em sua herança ou por vingança contra ele. Na verdade, embora o major fosse a vítima, aquele era um dos raros casos em que um maior conhecimento da vítima não fornece qualquer ajuda ou a menor indicação do caminho que você deve seguir para encontrar o assassino. A questão, Miss Marple sentia, e a única questão, era que o major Palgrave falava demais!

Ela tomara conhecimento de um fato bastante interessante através do dr. Graham. O major tinha em sua carteira várias fotografias: uma de si mesmo em companhia de um cavalo de polo, uma de um tigre morto e também uma ou duas outras fotos da mesma natureza. Ora, por que razão o major Palgrave carregava essas fotos consigo? Obviamente, pensou Miss Marple, pela longa experiência que ela acumulara com velhos almirantes, generais de brigada e meros majores, porque o major tinha certas histórias que gostava de contar às pessoas. Começando com "Uma coisa curiosa que aconteceu certa vez quando eu estava atirando em tigres na Índia...". Ou uma lembrança com um cavalo de polo. Sendo assim, a história sobre um suspeito de assassinato seria no devido tempo ilustrada pela extração do retrato de sua carteira.

O major Palgrave seguira esse padrão na conversa com ela. Com o tema do assassinato tendo aparecido, e para aumentar o interesse de sua história, ele fizera o que sem dúvida costumava fazer: extraíra seu retrato e dissera algo na linha de "A senhorita não pensaria que este camarada era um assassino, pensaria?".

A questão era que aquele tinha sido um *hábito* do major. Aquela história de assassino era parte de seu repertório regular. Caso surgisse qualquer referência sobre assassinatos, lá ia o major, a todo vapor.

Nesse caso, Miss Marple refletiu, ele poderia *já* ter contado sua história para outra pessoa na ilha. Ou para mais de uma pessoa. Se isso se confirmasse, então a própria Miss Marple poderia ouvir dessa pessoa quais eram os pormenores da história – e possivelmente qual era o aspecto da pessoa retratada na foto.

Ela assentiu com a cabeça, sentindo-se satisfeita. Isso já seria um começo.

E, é claro, havia os que ela chamava em sua mente de "Quatro Suspeitos". Embora na verdade fossem, uma vez que o major Palgrave falara de um *homem*, apenas dois suspeitos: o coronel Hillingdon e o sr. Dyson, assassinos muito improváveis na aparência – mas, pensando bem, os assassinos *eram* com tanta frequência improváveis... Poderia ter havido mais alguém? Ela não tinha visto ninguém ao virar a cabeça para olhar. Havia o bangalô, é claro – o bangalô do sr. Rafiel. Seria possível que alguém tivesse saído do bangalô e entrado de novo antes que ela conseguisse virar sua cabeça a tempo? Se sim, só poderia ter sido aquele criado-ajudante. Qual era o nome dele mesmo? Ah, Jackson. Teria sido *Jackson* quem saíra pela porta? A pose seria idêntica, nesse caso, à da fotografia. *Um homem saindo por uma porta.* O reconhecimento teria ocorrido de súbito. Até então, por certo, o major Palgrave não teria olhado com qualquer interesse para Arthur Jackson, o criado-ajudante. Seu olhar curioso e errante era, em essência, um olhar esnobe; Arthur Jackson não era um *pukka sahib**; o major Palgrave não teria olhado para ele duas vezes.

Até o momento talvez, em que, com a fotografia na mão, olhara por cima do ombro direito de Miss Marple e vira um homem saindo de uma porta...?

Miss Marple virou-se sobre o travesseiro. Programa para amanhã – ou melhor, para hoje: investigação aprofundada sobre os Hillingdon, os Dyson e Arthur Jackson, o criado-ajudante.

---

* Termo anglo-indiano para "cavalheiro de primeira". (N.T.)

## II

O dr. Graham também acordou cedo. Geralmente, virava o corpo e tratava de pegar no sono de novo. Mas hoje ele estava inquieto, e o sono não veio. Essa ansiedade que lhe fazia ser tão difícil dormir de novo era algo que não o acometia há um bom tempo. O que estava causando tal ansiedade? Com efeito, ele não conseguia descobrir. Ficou imóvel na cama, repensando tudo. Algo a ver com – algo a ver com – sim, com a morte do major Palgrave. A morte do major Palgrave? Ele não conseguia entender, no entanto, o que havia que pudesse deixá-lo inquieto nesse assunto. Por acaso era algo que aquela velhinha gorjeante dissera? Um golpe de azar para ela, o caso do retrato. A velhinha reagira muito bem. Mas, ora, o que ela tinha dito, que palavra sua tinha sido, ao acaso, que lhe deixara aquele sentimento esquisito de inquietação? Afinal de contas, não havia nada de *anormal* quanto à morte do major. Nada em absoluto. Pelo menos ele supunha que não houvesse nada em absoluto.

Estava bastante claro que no estado de saúde do major... seu raciocínio deteve-se numa vaga interrupção. Será que ele realmente sabia grande coisa *sobre* o estado de saúde do major Palgrave? Todos *diziam* que ele sofria de pressão alta, mas ele mesmo nunca tivera qualquer conversa com o major a respeito disso. Por outro lado, também nunca conversara muito com o major Palgrave sobre qualquer assunto. Palgrave era um chato, e o dr. Graham evitava gente chata. Por que raios ele metera na cabeça essa ideia de que talvez nem tudo *estivesse* certo? Era por causa da velhinha? Mas, afinal de contas, ela não *dissera* nada. De todo modo, não era da conta dele. As autoridades locais estavam mais do que satisfeitas. Haviam encontrado aquele frasco de comprimidos Serenite, e o velho major, aparentemente, havia falado aos quatro ventos a respeito de sua pressão arterial.

O dr. Graham virou-se na cama e logo pegou no sono de novo.

## III

Fora dos domínios do hotel, num dos barracos de uma fila de barracos ao lado de um riacho, a jovem Victoria Johnson rolou o corpo e sentou-se na cama. A jovem de St. Honoré era uma criatura magnífica, com um torso de mármore negro que teria deleitado um escultor. Ela passou os dedos pelo cabelo negro repleto de cachos. Com o pé, cutucou nas costelas seu companheiro adormecido.

– Acorda, homem.

O homem resmungou e então se virou.

– O que você quer? Não é de manhã ainda.

– Acorda, homem. Quero falar com você.

O homem sentou-se, espreguiçou-se, exibiu uma boca ampla e belos dentes.

– O que está preocupando você, mulher?

– O sujeito que morreu, o major. Uma coisa que eu não estou gostando. Tem algo errado.

– Ah, por que você quer se preocupar com isso? Ele era velho. E morreu.

– Ouve, homem. Aqueles comprimidos. Aqueles comprimidos que o doutor me perguntou.

– Bem, o que é que tem? Ele tomou demais, quem sabe.

– Não. Não é isso. Ouve.

Ela se inclinou na direção dele, falando com veemência. O homem abriu a boca num grande bocejo e então voltou a se deitar.

– Não vejo problema nenhum. O que você está falando?

– Mesmo assim, vou falar com a sra. Kendal a respeito disso durante a manhã. Acho que tem algo de errado ali, não sei onde.

– Você não devia esquentar a cabeça – afirmou o homem que, sem o benefício da cerimônia, ela considerava seu presente marido. – Melhor não procurar encrenca – ele acrescentou e rolou de lado, bocejando.

## Capítulo 7

# Manhã na praia

A manhã já ia pela metade na praia, abaixo do hotel.

Evelyn Hillingdon saiu da água e se atirou na areia morna e dourada. Tirou a touca de banho e balançou vigorosamente sua cabeça morena. A praia não era muito grande. As pessoas costumavam congregar-se ali no período da manhã, e, por volta das onze e meia, havia sempre uma espécie de reunião social. À esquerda de Evelyn, numa das exóticas e modernas cadeiras de vime, repousava Señora de Caspearo, uma bela mulher venezuelana. Ao lado dela, via-se o velho sr. Rafiel, que por essa altura era o decano do Golden Palm Hotel e exercia o domínio que somente um idoso inválido de grande fortuna pode obter. Esther Walters lhe prestava atendimento. A sra. Walters costumava levar consigo seu bloco de taquigrafia e um lápis para o caso de o sr. Rafiel pensar de súbito num urgente telegrama de negócios que precisasse ser mandado de imediato. Em traje de praia, o sr. Rafiel mostrava-se incrivelmente ressequido, seus ossos cobertos por camadas de pele seca. Embora parecesse um homem à beira da morte, era exatamente o mesmo no mínimo ao longo dos últimos oito anos – pelo menos era o que se dizia nas ilhas. Penetrantes olhos azuis espiavam por sua face enrugada, e seu maior prazer na vida era contestar com todas as forças qualquer coisa que qualquer pessoa dissesse.

Miss Marple também se fazia presente. Como de costume, tricotava em sua cadeira e ouvia o que se passava – e em bem poucas ocasiões participava das conversas.

Quando participava, todos ficavam surpresos, porque geralmente haviam esquecido que ela estava ali! Evelyn Hillingdon olhava para Miss Marple com indulgência, julgando-a uma simpática velhota.

Señora de Caspearo esfregava mais loção em suas longas e belas pernas e cantarolava consigo. Não era mulher de falar muito. Ela olhou, descontente, para o frasco de bronzeador.

– Não é tão bom como Frangipanio – comentou com tristeza. – Não há onde achar aqui. Uma pena.

Suas pálpebras desabaram novamente.

– Vai dar o seu mergulho agora, sr. Rafiel? – Esther Walters perguntou, cheia de tato.

– Vou quando estiver pronto – retrucou com mordacidade o sr. Rafiel.

– São onze e meia – disse a sra. Walters.

– E daí? – falou o sr. Rafiel. – Acha que eu sou o tipo de homem que se prende ao relógio? Faça isso a tal hora, faça isso vinte minutos depois, faça aquilo às vinte para... ah!

A sra. Walters já trabalhara para o sr. Rafiel por tempo suficiente para ter adotado sua própria fórmula de lidar com ele. Sabia que o sr. Rafiel gostava de contar com um bom espaço de tempo no qual pudesse se recuperar do esforço do banho e, portanto, lembrara-lhe da hora, permitindo-lhe uns bons dez minutos para refutar sua sugestão e então ser capaz de adotá-la sem parecer que estava adotando-a.

– Não gosto destas alpargatas – afirmou o sr. Rafiel, erguendo um pé e olhando para ele. – Eu falei isso para Jackson, aquele idiota. O sujeito nunca presta atenção a uma única palavra que eu digo.

– Vou pegar outro calçado, pode ser, sr. Rafiel?

– Não, não vai, você vai ficar aqui, sentada e quieta.

Detesto gente correndo de um lado para outro como galinhas cacarejantes.

Evelyn mudou ligeiramente de posição na areia quente, esticando seus braços. Miss Marple, concentrada em seu tricô – ao menos era o que parecia –, esticou uma perna e então se apressou em pedir desculpas:

– Sinto muito, sinto muitíssimo, sra. Hillingdon. Receio ter chutado a senhora.

– Ah, não foi nada – disse Evelyn. – Esta praia não tem espaço para tanta gente.

– Ah, por favor, não se mexa. Por favor. Vou afastar minha cadeira um pouco para trás de modo a não fazer isso de novo.

Miss Marple, enquanto se reposicionava, continuou falando de uma maneira infantil e tagarela.

– Parece tão maravilhoso estar *aqui*! Nunca estive nas Índias Ocidentais antes, sabe... Achava que era o tipo de lugar para o qual eu jamais iria, e aqui estou. Tudo graças à bondade do meu querido sobrinho. A senhora deve conhecer muito bem esta parte do mundo, não é mesmo, sra. Hillingdon?

– Já estive nesta ilha uma ou duas vezes e, é claro, na maioria das outras.

– Ah, claro. Borboletas, não é mesmo? E flores silvestres? A senhora e os seus... seus amigos... ou são família?

– Amigos. Nada mais.

– E suponho que vocês devam andar sempre juntos, já que os interesses são os mesmos...

– Sim. Já faz alguns anos que viajamos juntos.

– Por certo vocês já tiveram algumas aventuras bastante emocionantes...

– Eu não diria isso – Evelyn retrucou; sua voz mostrava-se desprovida de entonação, ligeiramente entediada. – As aventuras sempre parecem acontecer com outras pessoas.

Ela bocejou.

– Nenhum encontro perigoso com cobras ou com animais selvagens ou com nativos ensandecidos?

("Estou falando como uma boba", Miss Marple pensou.)

– Nada pior do que picadas de mosquitos – Evelyn lhe garantiu.

– O pobre major Palgrave, sabe, foi picado por uma cobra certa vez – Miss Marple falou, fazendo uma afirmação puramente fictícia.

– É mesmo?

– Ele nunca lhe contou isso?

– Talvez. Eu não me lembro.

– A senhora decerto o conhecia muito bem, não conhecia?

– O major Palgrave? Não, mal e mal.

– Ele sempre tinha tantas histórias interessantes para contar...

– Um chato medonho – disse o sr. Rafiel. – E um idiota, ainda por cima. Ele não precisava ter morrido se tivesse se cuidado adequadamente.

– Ah, ora essa, sr. Rafiel – disse a sra. Walters.

– Eu sei do que estou falando. Quando você cuida da sua saúde adequadamente, você fica bem onde quer que esteja. Olhem *para mim*. Os médicos me deram por perdido anos atrás. Tudo bem, eu disse, tenho as minhas próprias regras de saúde e vou tratar de segui-las. E aqui estou eu.

O sr. Rafiel olhou em volta, mostrando-se orgulhoso. Parecia de fato um milagre e tanto que ele estivesse ali.

– O pobre major Palgrave tinha pressão alta – comentou a sra. Walters.

– Bobagem – disse o sr. Rafiel.

– Ah, mas ele tinha – interveio Evelyn Hillingdon, falando com súbita e inesperada autoridade.

– Segundo quem? – perguntou o sr. Rafiel. – Ele lhe contou isso?

– Alguém comentou.

– Ele tinha um rosto muito avermelhado – Miss Marple contribuiu.

– Não podemos nos fiar nisso – disse o sr. Rafiel. – E, de todo modo, o major *não* tinha pressão alta, porque ele me contou.

– Como assim, o major lhe contou? – retorquiu a sra. Walters. – Quero dizer, uma pessoa não pode exatamente sair dizendo que *não* tem determinada doença.

– Pode sim. Eu falei para o major uma vez, quando ele estava virando todos aqueles Planters Punches e comendo sem parar, eu falei: "O senhor deveria cuidar da dieta e da bebida. Com a sua idade, precisa cuidar da pressão arterial". E ele disse que não precisava cuidar de nada nessa área, que sua pressão arterial era ótima para um homem da idade dele.

– Mas ele tomava um negócio para pressão, acredito – disse Miss Marple, ingressando mais uma vez na conversa. – Um negócio chamado... ah, algo como... não era Serenite?

– Se quiser saber – falou Evelyn Hillingdon –, não creio que ele sequer gostasse de admitir que pudesse haver o menor problema com ele, ou que pudesse estar doente. Acho que ele devia ser uma dessas pessoas que têm medo de doenças e, portanto, negam que exista algo de errado com elas.

Tratava-se de uma longa fala para ela. Miss Marple contemplou, pensativa, o topo de sua cabeça morena.

– O problema – disse o sr. Rafiel em tom ditatorial – é que todo mundo gosta demais de saber quais são as moléstias das outras pessoas. Todo mundo acha que uma pessoa com mais de cinquenta anos vai morrer de hipertensão ou trombose coronária ou uma dessas coisas... Conversa fiada! Se um homem afirma que não há nada de muito errado com ele, creio que não deve haver. Um homem sabe melhor do que ninguém como está a sua saúde. Que horas são? Quinze para o meio-dia? Eu já deveria ter dado muito tempo atrás o meu mergulho. Por que você não consegue me lembrar dessas coisas, Esther?

A sra. Walters não protestou. Botou-se de pé e, com certa destreza, ajudou o sr. Rafiel a ficar de pé também. Juntos, desceram pela praia, com ela o apoiando cuidadosamente. Juntos, puseram os pés no mar. Señora de Caspearo abriu os olhos e murmurou:

– Como são feios os homens velhos! Ah, como são feios! Deveriam todos ser exterminados aos 40 anos, ou talvez 35 fosse melhor. Sim?

Edward Hillingdon e Gregory Dyson se aproximaram pela praia, esmagando a areia.

– Que tal a água, Evelyn?

– A mesma de sempre.

– Nunca tem muita variação, não é mesmo? Onde está Lucky?

– Eu não sei – disse Evelyn.

Miss Marple voltou a contemplar pensativamente a cabeça morena.

– Bem, agora vou fazer a minha imitação de uma baleia – disse Gregory.

Ele jogou de lado sua camisa caribenha de estampas alegres e disparou pela praia, lançando-se mar adentro bufando e ofegando, nadando num crawl acelerado.

Edward Hillingdon sentou-se na areia junto de sua esposa. Em seguida, perguntou:

– Quer entrar de novo?

Ela sorriu – colocou sua touca – e os dois desceram juntos a praia de uma maneira bem menos espetacular.

Señora de Caspearo abriu os olhos de novo.

– Pensei que esses dois estavam em lua de mel, ele é tão encantador com ela, mas fiquei sabendo que eles são casados há oito... nove anos. É incrível, sim?

– Onde deve estar a sra. Dyson? – perguntou Miss Marple.

– Essa Lucky? Está com algum homem.

– A senhora... a senhora acha?

– É certo – retrucou Señora de Caspearo. – Ela é desse tipo. Mas já não é tão jovem... seu marido... os olhos dele já olham para outros lados. Ele passa cantadas... aqui, ali, o tempo todo. Eu sei.

– Sim – disse Miss Marple –, imagino que deva saber.

Señora de Caspearo disparou-lhe um olhar surpreso. Claramente, não era o que ela esperava desse quadrante.

Miss Marple, entretanto, estava contemplando as ondas com um ar de suave inocência.

## II

– Posso lhe falar, sra. Kendal?

– Pode, claro – disse Molly; ela estava sentada diante de sua escrivaninha no escritório.

Victoria Johnson, alta e dinâmica em seu impecável uniforme branco, aproximou-se mais e fechou a porta atrás de si com um ar ligeiramente misterioso.

– Eu queria lhe contar uma coisa, por favor, sra. Kendal.

– Sim, o que é? Algum problema?

– Não sei dizer. Não com certeza. É o cavalheiro velho que morreu. O cavalheiro major. Ele morreu no sono.

– Sim, sim. O que é?

– Tinha um frasco de pílulas no quarto dele. O doutor me perguntou sobre as pílulas.

– Sim?

– O doutor disse: "Me deixe ver o que ele tem aqui na prateleira do banheiro", e olhou, sabe... Ele viu que tinha pó para os dentes e pílulas para indigestão e aspirina e pílulas de cáscara-sagrada, e aí essas outras pílulas num frasco chamado Serenite.

– Sim – Molly repetiu mais uma vez.

– E o doutor olhou essas pílulas. Pareceu ficar bem satisfeito e fez que sim com a cabeça. Mas eu fiquei pensando depois. Aquelas pílulas não estavam lá antes. Eu não tinha visto elas no banheiro dele antes. As outras sim. O pó para os dentes e a aspirina e a loção após barba e tudo mais. Mas aqueles comprimidos, aqueles comprimidos de Serenite, eu nunca tinha notado eles antes.

– Então você pensa... – Molly parecia estar intrigada.

– Eu não sei o que pensar – disse Victoria. – Só acho que não está certo, então acho melhor lhe contar. Quem sabe a senhora conta para o doutor? Quem sabe isso significa alguma coisa. Quem sabe *alguém* colocou esses comprimidos lá, aí ele os tomou e morreu.

– Ah, acho que isso não é nem um pouco provável – Molly afirmou.

Victoria sacudiu sua cabeça morena.

– A gente nunca sabe. As pessoas fazem coisas ruins.

Molly contemplou a paisagem que se abria na janela. Aquele lugar parecia um paraíso na Terra. Com seu sol, seu mar, seu recife de coral, sua música, sua dança, a ilha parecia um Jardim do Éden. Porém, mesmo no Jardim do Éden existira uma sombra – a sombra da Serpente – *coisas ruins* – como era detestável ouvir tais palavras.

– Vou investigar, Victoria – ela falou com rispidez. – Não se preocupe. E, acima de tudo, não saia por aí espalhando rumores bobos.

Tim Kendal entrou quando Victoria estava, um tanto a contragosto, saindo.

– Algum problema, Molly?

Ela hesitou – mas Victoria poderia recorrer a Tim – e lhe contou o que a jovem dissera.

– Não consigo entender o que toda essa ladainha... o que *eram* essas pílulas, afinal?

– Bem, eu realmente não sei, Tim. O dr. Robertson, quando veio, disse que eles... tinham algo a ver com pressão arterial, eu acho.

– Bem, nesse caso estaria tudo certo, não é mesmo? Quero dizer, ele *sofria* de pressão alta e *estaria* tomando algo em função disso, não estaria? É o que as pessoas fazem. Conheço várias que tomam.

– Sim – Molly hesitou –, mas Victoria parece pensar que ele poderia ter tomado uma dessas pílulas e que teria morrido por causa disso.

– Ah, querida, isso é melodramático *demais*! Você está querendo dizer que alguém poderia ter trocado os comprimidos de pressão arterial por algo diferente e que ele foi envenenado por esse algo?

– Soa bem absurdo mesmo – Molly se desculpou –, dito assim. Mas parece ser o que Victoria pensa!

– Que garota tola! Nós *poderíamos* perguntar ao dr. Graham a respeito, suponho que ele deva saber. Mas, francamente, é uma bobagem tão grande que nem vale a pena incomodá-lo.

– É o que eu penso.

– Que diabo fez essa garota pensar que alguém teria trocado os comprimidos? A ideia é que comprimidos diferentes foram colocados no mesmo frasco?

– Não cheguei a entender bem – Molly respondeu com um olhar bastante desamparado. – Victoria parece pensar que aquele frasco de Serenite tinha aparecido ali pela primeira vez.

– Ah, mas isso é bobagem – disse Tim Kendal. – Ele precisava tomar aqueles comprimidos o tempo todo para manter a pressão baixa.

Tim saiu com animação para consultar Fernando, o *maître d'hotel*.

Contudo, Molly não conseguiu descartar o assunto com a mesma leveza. Quando já terminara o estresse do almoço, ela disse para o marido:

– Tim... eu estive pensando. Se Victoria está falando disso por aí, talvez devêssemos simplesmente perguntar para alguém...

– Minha querida garota! Robertson e todos os outros vieram e olharam tudo e fizeram todas as perguntas que precisavam fazer na ocasião.

– Sim, mas você sabe como essas garotas ficam alvoroçadas...

– Ah, está bem! Então é o seguinte: vamos perguntar para Graham... ele vai saber.

O dr. Graham estava sentado em seu alpendre com um livro. O jovem casal entrou e Molly pulou direto em seu relato. Como este se mostrava um pouco incoerente, Tim assumiu a fala.

– Soa um tanto idiota – ele se desculpou –, mas, até onde consigo entender, essa jovem meteu na cabeça que alguém colocou comprimidos de veneno no frasco de... qual é o nome do negócio?... Sera sei lá o quê.

– Mas por que motivo ela meteria essa ideia na cabeça? – perguntou o dr. Graham. – Por acaso ela viu ou ouviu algo ou... quero dizer, por que motivo ela pensaria uma coisa dessas?

– Eu não sei – Tim respondeu, um tanto desamparado. – Era um frasco diferente? Era isso, Molly?

– Não – disse Molly. – Acho que o que Victoria disse foi que havia um frasco com rótulo de Seven... Seren...

– Serenite – falou o médico. – Nenhum problema. Um preparado bem conhecido. Ele estava tomando Serenite regularmente.

– Victoria disse que nunca vira aquele frasco no quarto dele antes.

– Nunca o vira no quarto dele antes? – o dr. Graham disse com rispidez. – O que ela quer dizer com isso?

– Bem, foi o que Victoria *disse*. Disse que havia todos os tipos de coisas na prateleira do banheiro. Pó dentifrício, aspirina e pós-barba e... ah... ela citou tudo de memória com empolgação. Ela deve estar sempre limpando aquilo e, por isso, conhece todos os produtos de cor. Mas esse frasco específico... o Serenite... ela não o tinha visto aqui até o dia que se seguiu à morte.

– Isso é muito estranho – o dr. Graham comentou com bastante rispidez. – Ela tem certeza?

A rispidez incomum de seu tom fez com que os Kendal olhassem para ele. Os dois não esperavam que o dr. Graham reagisse com tal atitude.

– Ela parecia falar com certeza – Molly disse devagar.

– Talvez ela só estivesse querendo causar sensação – Tim sugeriu.

– Acho – disse o dr. Graham – que talvez fosse melhor eu mesmo trocar algumas palavras com a jovem.

Victoria manifestou um distinto prazer por lhe permitirem contar sua história.

– Não quero entrar em nenhuma encrenca – ela disse. – *Eu* não coloquei aquele frasco lá e não sei quem colocou.

– Mas a senhorita acha que ele *foi* colocado lá? – perguntou Graham.

– Veja bem, doutor, ele *só pode* ter sido colocado lá se não estava lá antes.

– O major Palgrave podia tê-lo guardado numa gaveta... ou numa pasta, algo assim.

Victoria sacudiu a cabeça com astúcia.

– Ele não ia fazer isso se ele estava tomando as pílulas toda hora, certo?

– Não – Graham concordou com relutância. – Não, era o negócio que ele precisava tomar várias vezes por dia. Você nunca o viu tomando essas pílulas ou algo assim?

– Ele não tinha essas pílulas ali antes. Eu só pensei... Começou um boato que esse negócio tinha algo a ver com a morte dele, envenenando seu sangue ou alguma coisa, e eu pensei que talvez ele tivesse um inimigo que colocou as pílulas ali para matá-lo.

– Bobagem, minha garota – o médico retrucou com firmeza. – Pura bobagem.

Victoria parecia estar abalada.

– O senhor garante que esse negócio era remédio, remédio bom? – ela perguntou em dúvida.

– Remédio bom e, mais do que isso, remédio *necessário* – disse o dr. Graham. – De modo que você não precisa se preocupar, Victoria. Posso lhe assegurar que não havia nada de errado com aquele remédio. Tratava-se da medicação adequada para um homem com a moléstia dele.

– Sem dúvida, o senhor tirou um peso da minha mente – disse Victoria.

Ela lhe mostrou seus dentes brancos num sorriso jovial. Contudo, o peso não saíra da mente do dr. Graham. A inquietação dele, que tinha sido tão nebulosa, estava agora se tornando tangível.

## Capítulo 8

# Uma conversa com Esther Walters

– Este lugar não é mais o mesmo – disse o sr. Rafiel, irritado, ao observar que Miss Marple aproximava-se do ponto no qual estava sentado com a sua secretária. – Você não consegue dar um passo sem pisar em alguma galinha velha. O que uma velhinha quer fazer nas Índias Ocidentais?

– Para onde o senhor sugere que elas viajem? – perguntou Esther Walters.

– Para Cheltenham – respondeu prontamente o sr. Rafiel. – Ou Bournemouth – propôs –, ou Torquay ou Llandrindod Wells. Opções de sobra. Elas gostam de lá... ficam bem felizes.

– Elas não têm condições de viajar às Índias Ocidentais, eu suponho – disse Esther. – Não é todo mundo que tem a sua sorte.

– Está certo – falou o sr. Rafiel. – Esfregue na minha cara. Aqui estou eu, um amontoado de dores e aflições e juntas deslocadas. Você se ressente de qualquer alívio para mim! E você não trabalha nunca. Por que não datilografou aquelas cartas ainda?

– Não tive tempo.

– Bem, trate de se mexer, pode ser? Eu trago você aqui para trabalhar um pouco, não para ficar sentada, pegando sol e exibindo seu corpo.

Outras pessoas teriam considerado as afirmações do sr. Rafiel de todo insuportáveis, mas Esther Walters trabalhara para ele por alguns anos e já estava farta de saber que o latido do sr. Rafiel era bem pior do que sua mordida. Ele era um homem que sofria de dores quase contínuas, e fazer afirmações desagradáveis era uma de suas maneiras de desabafar. Não importava o que o homem dissesse; ela permanecia totalmente imperturbável.

– Um entardecer adorável, não é mesmo? – comentou Miss Marple, parando ao lado deles.

– E por que não seria? – retrucou o sr. Rafiel. – É para isso que estamos aqui, não é?

Miss Marple soltou uma risadinha retininte.

– O senhor é tão severo... claro, falar do tempo *é* um tópico de conversação muito inglês... a gente se esquece... Ah, minha nossa, esta é a lã colorida errada.

Ela deixou sua bolsa de tricô sobre a mesa do jardim e trotou na direção de seu bangalô.

– Jackson! – gritou o sr. Rafiel.

Jackson apareceu.

– Leve-me de volta para dentro – disse o sr. Rafiel. – Vou querer a minha massagem agora, antes que aquela galinha tagarela volte. Não que a massagem me faça qualquer bem – acrescentou.

Dito isso, permitiu que o ajudassem habilmente a ficar de pé e partiu, com o massagista ao lado, para o seu bangalô.

Esther Walters observou o afastamento dos dois e então virou a cabeça – Miss Marple estava retornando com um novelo de lã para sentar-se perto dela.

– Espero não estar incomodando-a... – disse Miss Marple.

– É claro que não – falou Esther Walters –, preciso sair em seguida para datilografar um pouco, mas primeiro vou aproveitar mais uns dez minutos do pôr do sol.

Miss Marple sentou-se e, com voz suave, começou a falar. Enquanto falava, avaliou Esther Walters. Nem um pouco glamorosa, mas poderia ser atraente se quisesse.

Miss Marple tentou imaginar por que motivo ela não queria ser. Isso podia ocorrer, é claro, porque não seria do agrado do sr. Rafiel, mas Miss Marple não acreditava que o sr. Rafiel fosse de fato se importar em qualquer medida. O homem era tão completamente ensimesmado que, contanto que não fosse pessoalmente negligenciado, sua secretária poderia ter se embelezado como uma huri no Paraíso sem que ele objetasse. Além disso, ele costumava se deitar cedo, e, nas horas noturnas das bandas de tambores e das danças, Esther Walters poderia com muita facilidade ter... Miss Marple fez uma pausa para escolher a palavra certa em sua mente, conversando com grande animação, ao mesmo tempo, sobre sua visita a Jamestown. Ah, sim, *desabrochado*. Esther Walters poderia ter desabrochado nas horas noturnas.

Com naturalidade, Miss Marple direcionou a conversa para Jackson.

No assunto Jackson, Esther Walters mostrou-se um tanto vaga.

– Ele é muito competente – afirmou. – Um massagista de grande experiência.

– Ele deve estar com o sr. Rafiel há bastante tempo...

– Ah, não... cerca de nove meses, eu creio.

– Ele é casado? – Miss Marple arriscou.

– Casado? Acho que não – Esther respondeu com certa surpresa. – Ao menos nunca mencionou... Não – acrescentou. – Definitivamente *não* é casado, eu diria.

Esther Walters pareceu achar graça do fato.

Miss Marple interpretou essa opinião acrescentando em sua própria mente a seguinte frase: "De qualquer forma, ele não se comporta como alguém casado".

Por outro lado, eram inúmeros os homens casados que se comportavam como se não fossem casados! Miss Marple conseguiria citar uma dúzia de exemplos!

– Ele é bem bonito – falou pensativa.

– Sim... suponho que seja – Esther retrucou sem interesse.

Miss Marple estudou-a. Sem interesse por homens? O tipo de mulher, talvez, que se interessava por um único homem. Uma viúva, haviam dito. Ela perguntou:

– Faz tempo que a senhora trabalha para o sr. Rafiel?

– Quatro ou cinco anos. Após a morte do meu marido, tive de arranjar um emprego de novo. Tenho uma filha na escola, e o meu marido me deixou em péssima situação.

– É por certo bem difícil trabalhar para um homem como o sr. Rafiel... – Miss Marple arriscou.

– Não é, na verdade. Depois que você o conhece melhor. Ele explode em ataques de fúria e é muito contraditório. Acho que o verdadeiro problema é que ele se cansa das pessoas. O sr. Rafiel teve dois criados--ajudantes em dois anos. Gosta de ter uma pessoa nova para maltratar. Mas nós sempre nos demos muito bem.

– O sr. Jackson parece ser um jovem muito prestativo...

– Ele é muito diplomático e inventivo – disse Esther. – Claro, às vezes o sr. Rafiel é um pouco... – ela se interrompeu.

Miss Marple ponderou.

– Uma situação bem difícil por vezes? – sugeriu.

– Bem, sim. Nem uma coisa nem outra. Contudo – Esther sorriu –, acho que ele dá um jeito de se divertir bastante.

Miss Marple considerou também essa afirmação, que não lhe proporcionou grande ajuda. Continuou sua conversa em gorjeios e logo já estava recebendo uma boa quantidade de informações a respeito do quarteto amante da natureza, os Dyson e os Hillingdon.

– Os Hillingdon vêm sempre para cá... nos últimos três ou quatro anos, pelo menos – disse Esther –, mas Gregory Dyson vem há mais tempo. Ele conhece muito bem as Índias Ocidentais. Chegou aqui originalmente, acredito, com sua primeira esposa. Ela tinha uma saúde delicada e precisava ir para o exterior durante os invernos, ou no mínimo ir para um lugar quente.

– E ela morreu? Ou foi divórcio?

– Não. Ela morreu. Aqui, acredito. Não me refiro a esta ilha específica, mas a uma das ilhas nas Índias Ocidentais. Houve algum tipo de problema, creio eu, alguma espécie de escândalo. Gregory Dyson nunca fala sobre ela. Alguém me contou isso. Eles não se davam muito bem juntos, segundo dizem.

– E então ele se casou com essa esposa. "Lucky".

Miss Marple proferiu a palavra com leve insatisfação, como se dissesse: "Ora essa, um nome simplesmente inacreditável!".

– Creio que ela era uma parente de sua primeira esposa.

– Eles conhecem os Hillingdon há muito tempo?

– Ah, acho que só desde a vinda dos Hillingdon para cá. Três ou quatro anos, não mais.

– Os Hillingdon parecem ser muito amáveis – disse Miss Marple. – Quietos, é claro.

– Sim. Os dois são quietos.

– Todo mundo diz que os dois são muito apegados um ao outro – falou Miss Marple.

O tom de sua voz era bastante indiferente, mas Esther Walters olhou para ela com brusquidão.

– Mas a senhorita acha que não são? – ela indagou.

– A sua opinião pessoal não é realmente essa, minha querida, ou é?

– Bem, às vezes eu me pergunto...

– Homens calados, como o coronel Hillingdon – disse Miss Marple –, são muitas vezes atraídos por tipos extravagantes.

E acrescentou depois de uma pausa significativa:

– "Lucky"... um nome tão curioso... A senhora acha que o sr. Dyson faz alguma ideia... do que pode estar acontecendo?

"Que velha boateira", pensou Esther Walters. "Essas velhas, francamente!"

Ela falou com frieza:

– Não faço a menor ideia.

Miss Marple mudou de assunto mais uma vez.

– É muito triste o que houve com o pobre major Palgrave, não? – comentou.

Esther Walters concordou, ainda que de maneira bastante superficial.

– As pessoas pelas quais eu realmente lamento são os Kendal – ela disse.

– Sim, suponho que seja uma tremenda infelicidade quando algo desse tipo acontece num hotel.

– As pessoas vêm para cá em busca de diversão, não é mesmo? – falou Esther. – Elas querem esquecer as doenças e as mortes e o imposto de renda e os encanamentos congelados e tudo mais. Não gostam – prosseguiu com o súbito lampejo de uma postura inteiramente diferente – de quaisquer lembretes da mortalidade.

Miss Marple deitou seu tricô no colo.

– Ora, isso está muito bem dito, minha querida – ela falou –, muito bem dito mesmo. Sim, é bem como a senhora diz.

– E eles são um casal bastante jovem... – continuou Esther Walters. – Substituíram os Sanderson apenas seis meses atrás e estão terrivelmente preocupados, sem saber se terão sucesso ou não, porque não tinham muita experiência.

– E a senhora acha que isso poderia ser de fato uma desvantagem para eles?

– Bem, não, não acho, para ser franca – disse Esther Walters. – Não creio que as pessoas se lembrem de qualquer coisa por mais do que um dia ou dois, não nesta atmosfera de viemos-todos-aqui-por-diversão-vamos--em-frente. Penso que uma morte só lhes provoca um solavanco por cerca de 24 horas e depois, com o funeral terminado, não voltam a pensar no assunto. A menos, isto é, que sejam lembrados do assunto. Foi o que eu disse para Molly, mas, é claro, ela se preocupa com tudo.

– A sra. Kendal se preocupa com tudo? Ela parece estar sempre de alma leve...

– Acho que grande parte é simulação – Esther disse devagar. – Na verdade, acho que ela é uma dessas pessoas ansiosas que não conseguem deixar de se preocupar o tempo inteiro, pensando que algo *pode* dar errado.

– Eu imaginava que *ele* se preocupava mais do que ela.

– Não, acho que não. Acho que ela é quem se preocupa o tempo todo, e ele fica preocupado porque ela está preocupada, se a senhorita me entende.

– Isso é interessante – disse Miss Marple.

– Creio que Molly quer desesperadamente tentar parecer muito alegre, como se estivesse se divertindo. Ela se mata para passar essa impressão, mas o esforço a esgota. Então, é acometida por irregulares ataques de depressão. Ela não é... bem, não é realmente bem equilibrada.

– Pobre criança – disse Miss Marple. – Certamente existem pessoas assim, e com muita frequência quem vê de fora não suspeita de nada.

– É verdade, eles apresentam um espetáculo perfeito, não é mesmo? Contudo – Esther acrescentou –, não creio que Molly tenha de fato qualquer motivo de preocupação nesse caso. Quero dizer, as pessoas estão morrendo toda hora, hoje em dia, de trombose coronária ou hemorragia cerebral ou coisas desse tipo. Bem mais do que costumavam, até onde eu consigo ver. As pessoas só se inquietam com uma intoxicação alimentar ou com uma febre tifoide ou algo assim.

– O major Palgrave nunca mencionou para *mim* que tinha pressão alta – disse Miss Marple. – Ele mencionou à senhora?

– Comentou com alguém... não sei quem. Pode ter sido com o sr. Rafiel. Sei que o sr. Rafiel diz justamente o contrário... mas esse é o jeito dele! Certamente Jackson mencionou isso para mim. Disse que o major deveria ter mais cuidado com o álcool que tomava.

– Entendo... – disse Miss Marple pensativa.

Ela prosseguiu:

– Creio que a senhora devia considerá-lo um homem bastante aborrecido... Ele contava um monte de histórias, e creio que se repetia um bocado.

– Isso é o pior – disse Esther. – Você de fato fica escutando a mesma história várias e várias vezes, a menos que consiga ser ágil o bastante para impedir a repetição.

– É claro que *eu* não me importava tanto – disse Miss Marple –, porque estou acostumada com esse tipo de coisa. Quando alguém me conta histórias com bastante frequência, não chego a me importar de ouvi-las de novo, porque geralmente as esqueci.

– Tem isso... – Esther falou, rindo com jovialidade.

– Há uma história que ele gostava muito de contar – disse Miss Marple – sobre um assassinato. Deve ter lhe contado, não contou?

Esther Walters abriu sua bolsa e começou a remexer no conteúdo. Tirou seu batom dizendo:

– Achei que tinha perdido.

Então perguntou:

– Perdão, o que foi que a senhorita disse?

– Eu perguntei se o major Palgrave lhe contou sua história favorita de assassinato.

– Pensando nisso agora, acredito que sim. Algo sobre pessoas que se asfixiaram com gás, não era isso? Só que, na verdade, foi a *esposa* que o asfixiou. Quer dizer, ela lhe dera certa espécie de sedativo e então enfiou a cabeça dele no forno. Era essa?

– Não creio que tenha sido exatamente essa – disse Miss Marple.

Ela olhou pensativamente para Esther Walters.

– Ele contava inúmeras histórias – Esther Walters desculpou-se – e, como eu disse, a gente nem sempre prestava atenção.

– O major tinha um retrato – disse Miss Marple – que costumava mostrar às pessoas.

– Acho que tinha... Não consigo lembrar agora o que era. Ele o mostrou à senhorita?

– Não – Miss Marple respondeu. – Ele não o mostrou para mim. Nós fomos interrompidos...

## Capítulo 9

# A srta. Prescott e outros

– A história que *eu* ouvi... – começou a srta. Prescott, baixando a voz e olhando em volta com cuidado.

Miss Marple arrastou sua cadeira para um pouco mais perto. Havia passado algum tempo antes que ela pudesse se encontrar com a srta. Prescott para uma conversa de coração aberto. Isso devia-se ao fato de que os clérigos são homens de família muito rígidos, de modo que a srta. Prescott estava quase sempre acompanhada por seu irmão, e não havia dúvida de que Miss Marple e a srta. Prescott julgavam mais complicado baixar as reservas numa boa fofoca quando tinham como companhia o jovial cônego.

– Parece – disse a srta. Prescott –, embora, é claro, eu não queira fazer nenhum escândalo e realmente não saiba *nada* a respeito...

– Ah, eu entendo *perfeitamente* – disse Miss Marple.

– Parece que houve certo escândalo quando a primeira esposa dele ainda estava viva! Aparentemente essa mulher, Lucky... que nome!... a qual, creio eu, era uma prima de sua primeira esposa, veio para cá e juntou-se a eles, e o ajudou, creio, num trabalho com flores ou borboletas ou seja lá o que fosse. E as pessoas comentavam muito porque os dois se davam tão bem... se a senhorita me entende.

– As pessoas *reparam* tanto nas coisas, não é mesmo? – disse Miss Marple.

– E então, é claro, quando a esposa dele morreu de uma maneira um tanto repentina...

– Ela morreu aqui, nesta ilha?

– Não. Não, acho que eles estavam na Martinica ou em Tobago na época.

– Sim.

– Mas eu soube de outras pessoas que estavam lá na época, e que vieram para cá e falavam das coisas, que o médico não tinha ficado muito satisfeito.

– Não diga – Miss Marple retrucou com interesse.

– Era só *fofoca*, é claro, mas... bem, o sr. Dyson sem dúvida se casou de novo com *grande rapidez* – e a srta. Prescott baixou a voz de novo. – Só *um mês*, acredito.

– Só um mês – Miss Marple repetiu.

As duas melhores entreolharam-se.

– Pareceu... insensível – disse a srta. Prescott.

– Sim – Miss Marple falou. – Certamente pareceu.

Ela acrescentou com delicadeza:

– Havia... algum dinheiro?

– Não sei ao certo. Ele faz sempre sua piadinha... talvez a senhorita tenha escutado... sobre a esposa ser seu "amuleto da sorte"...

– Sim, já escutei – falou Miss Marple.

– E algumas pessoas acham que isso significa que foi ele quem teve a sorte de se casar com uma mulher rica. Embora, é claro – a srta. Prescott afirmou com o ar de quem não pretende cometer nenhuma injustiça –, ela seja também muito bonita, para quem gosta desse tipo. E eu pessoalmente acho que a *primeira* esposa era quem tinha o dinheiro.

– E os Hillingdon são bem de vida?

– Ah, creio que sejam *bem de vida*... não quero dizer fabulosamente ricos, quero dizer apenas bem de vida. Eles têm dois garotos estudando num colégio particular e uma bela propriedade na Inglaterra, eu acredito, e viajam durante a maior parte do inverno.

O cônego apareceu naquele momento para sugerir uma boa caminhada. A srta. Prescott levantou-se para se juntar ao irmão. Miss Marple permaneceu sentada onde estava.

Alguns minutos depois, ela viu Gregory Dyson andando a passos largos na direção do hotel. Ele acenou animadamente com a mão enquanto passava.

– Uma moedinha pelos seus pensamentos! – ele gritou.

Miss Marple sorriu com gentileza, tentando imaginar como Gregory Dyson teria reagido se ela tivesse retrucado: "Eu estava me perguntando se o senhor era um assassino".

De fato, parecia ser muito provável que ele fosse. Tudo se encaixava tão bem nessa história sobre a morte da primeira sra. Dyson... O major Palgrave certamente estivera falando sobre um matador de esposas – com uma referência especial ao "Caso das Noivas na Banheira".

Sim... Tudo se encaixava... A única objeção era que tudo se encaixava quase bem demais. Miss Marple censurou-se por esse pensamento... Quem era ela para exigir "Assassinatos sob Medida"?

Uma voz – meio rouca – provocou-lhe um sobressalto.

– Viu Greg por aí? Senhorita... hã...

Lucky, Miss Marple pensou, não estava de bom humor.

– Ele acabou de passar por aqui... indo na direção do hotel.

– Vejam só! – ela proferiu, numa exclamação irritada, e seguiu em frente com pressa.

"Quarenta anos e nem um dia a menos, e ela aparenta a idade nesta manhã", pensou Miss Marple.

Uma compaixão invadiu-a. Compaixão pelas Luckys do mundo, que eram tão vulneráveis ao Tempo...

Com o soar de um ruído atrás dela, Miss Marple virou sua cadeira.

O sr. Rafiel, amparado por Jackson, estava fazendo sua aparição matinal e saindo de seu bangalô.

Jackson acomodou seu empregador na cadeira de rodas e começou a se afobar em volta dele. O sr. Rafiel expulsou impacientemente seu ajudante, com um gesto da mão, e Jackson se foi na direção do hotel.

Miss Marple aproveitou a oportunidade. O sr. Rafiel nunca era deixado sozinho por muito tempo. Provavelmente Esther Walters viria se juntar a ele. Miss Marple queria conversar sozinha com o sr. Rafiel, e ali estava, ela pensou, sua chance. Teria de ser rápida no que pretendia dizer. Não poderia se valer de preâmbulos. O sr. Rafiel não era o tipo que suportava conversas gorjeantes e superficiais de velhinhas. Era bem provável que se retirasse ao bangalô outra vez, considerando-se definitivamente uma vítima de perseguição. Miss Marple decidiu cair em cheio na franqueza.

Tratou de ir até onde ele estava sentado, puxou uma cadeira, sentou-se e disse:

– Quero lhe perguntar uma coisa, sr. Rafiel.

– Está bem, está bem – retrucou o sr. Rafiel –, que seja. O que a senhorita quer? Uma contribuição, eu suponho? Missões na África, ou reformar uma igreja, algo desse tipo?

– Sim – disse Miss Marple. – Tenho interesse por diversos projetos dessa natureza e ficarei encantada se o senhor me fizer uma contribuição. Mas não era isso, na verdade, o que eu ia lhe perguntar. O que eu ia lhe perguntar era se o major Palgrave chegou a lhe contar uma história sobre um assassinato.

– Opa – falou o sr. Rafiel. – Então ele lhe contou também, é? E aposto que a senhorita caiu como um patinho.

– Eu não sabia bem o que pensar – Miss Marple disse. – O que foi exatamente que ele lhe contou?

– Ele ficou tagarelando – respondeu o sr. Rafiel – sobre uma criatura adorável, Lucrécia Bórgia reencarnada. Linda, jovem, cabelos dourados, tudo.

– Ah – Miss Marple retrucou, ligeiramente desconcertada –, e quem ela matou?

– O marido dela, é claro – falou o sr. Rafiel –, quem mais poderia ser?

– Veneno?

– Não, acho que ela lhe deu um sonífero e então enfiou a cabeça dele num forno a gás. Mulher inventiva. Depois disse que era suicídio. E se safou na maior tranquilidade. Responsabilidade atenuada ou algo assim. Esse é o termo hoje em dia, quando você é uma mulher atraente, ou um jovenzinho desgraçado, desordeiro e mimado demais pela mãe. Ah!

– O major lhe mostrou um retrato?

– O quê, um retrato da mulher? Não? Por que teria feito isso?

– Ah... – retrucou Miss Marple.

Ela ficou imóvel, bastante desconcertada. Aparentemente, o major Palgrave havia passado a vida contando histórias às pessoas não só sobre os tigres que abatera e elefantes que tinha caçado, mas também sobre os assassinos que conhecera. Talvez ele tivesse todo um repertório de histórias de assassinato. Era preciso encarar aquilo... Ela se assustou com o sr. Rafiel, que de repente soltou um rugido:

– Jackson!

Não houve resposta.

– Devo procurá-lo para o senhor? – Miss Marple perguntou, erguendo-se.

– A senhorita não vai encontrá-lo. Caçando fêmeas em algum canto, é o que ele faz. Não presta esse sujeito. Mau caráter. Mas me serve.

– Vou tentar encontrá-lo – falou Miss Marple.

Miss Marple encontrou Jackson sentado na extremidade do terraço do hotel, tomando um drinque com Tim Kendal.

– O sr. Rafiel solicitou a sua presença – ela disse.

Jackson exibiu uma careta expressiva, secou o copo e botou-se de pé.

– Lá vamos nós de novo – ele falou. – Não há paz para os ímpios. Dois telefonemas e um pedido de refeição especial. Achei que isso poderia me dar um álibi de quinze minutos. Aparentemente, não! Obrigado, Miss Marple. Obrigado pelo drinque, sr. Kendal.

Ele se afastou pelo terraço.

– Tenho pena do camarada – disse Tim. – Preciso convidá-lo para um drinque de vez em quando, só para animá-lo. Posso lhe oferecer alguma coisa, Miss Marple? Que tal um suco de limão-galego? Sei que a senhorita gosta.

– Agora não, muito obrigada... Creio que cuidar de alguém como o sr. Rafiel deve ser sempre bastante árduo. Inválidos costumam ser difíceis...

– Eu não quis dizer apenas isso. O salário é ótimo, e você espera de antemão que vai ter de aguentar um bocado de excentricidade... o velho Rafiel, na verdade, não é má pessoa. Eu quis dizer mais do que isso... – ele hesitou.

Miss Marple encarou-o com curiosidade.

– Bem... como posso dizer... socialmente a situação dele é difícil. As malditas pessoas são tão esnobes... não há ninguém aqui da classe dele. Ele é melhor do que um criado... e está abaixo do típico visitante... ou acham que está. Bem como uma preceptora vitoriana. Até a tal secretária, a sra. Walters, sente que está um degrau acima dele. Isso torna tudo difícil.

Tim fez uma pausa e então prosseguiu, ressentido:

– É realmente terrível a quantidade de problemas sociais que existem num lugar como este.

O dr. Graham passou por eles. Tinha um livro na mão e foi sentar-se a uma mesa com vista para o mar.

– O dr. Graham parece bastante preocupado – comentou Miss Marple.

– Ah! Estamos todos preocupados.

– O senhor também? Por causa da morte do major Palgrave?

– Eu já parei de me preocupar com isso. As pessoas parecem ter esquecido... assimilaram sem dificuldade. Não... é a minha esposa... Molly. A senhorita sabe alguma coisa sobre sonhos?

– Sonhos? – Miss Marple ficou surpresa.

– Sim... sonhos ruins... pesadelos, eu acho. Ah, todo mundo tem sonhos assim às vezes. Mas Molly... ela parece tê-los quase o tempo todo. Fica assustada. Existe algo que se possa fazer para combatê-los? Que se possa tomar? Ela tem alguns soníferos, mas diz que deixam tudo pior... ela luta para despertar e não consegue...

– Ela sonha com o quê?

– Ah, algo ou alguém perseguindo-a... Ou observando-a e espionando-a... Ela não consegue se livrar da sensação nem mesmo quando está acordada.

– Sem dúvida, um médico...

– Ela tem pavor de médicos. Não quer nem ouvir falar... Ah, bem... ouso dizer que isso vai passar ao natural... Mas nós estávamos tão felizes. Era tudo uma diversão tão grande... E agora, bem recentemente... Talvez ela tenha ficado transtornada com a morte do velho Palgrave. Parece uma pessoa diferente, desde então...

Ele se levantou.

– Preciso continuar com as tarefas diárias... tem certeza de que não vai querer aquele suco de limão?

Miss Marple sacudiu a cabeça.

Ela permaneceu imóvel em seu assento, pensando. Seu rosto mostrava-se sério e inquieto.

Lançou um olhar para o dr. Graham.

Em seguida, tomou uma decisão.

Levantou-se e cruzou o terraço até a mesa dele.

– Eu lhe devo um pedido de desculpas, dr. Graham – ela disse.

– Não diga!

O médico olhou para Miss Marple com afável surpresa. Empurrou uma cadeira e ela se sentou.

– Receio ter feito uma coisas das mais vergonhosas... – disse Miss Marple. – Eu lhe contei, dr. Graham, uma mentira deliberada.

Ela contemplava seu interlocutor com apreensão.

O dr. Graham não pareceu ficar nem um pouco abalado, mas pareceu de fato um pouco surpreso.

– É mesmo? – ele falou. – Ah, bem, não permita que isso a preocupe demais.

"Que mentira será que a adorável velhinha andou contando?", ele se perguntou. "Sua idade?" Se bem que, até onde ele conseguia recordar, ela não mencionara sua idade.

– Bem, vejamos o que é – falou, uma vez que Miss Marple claramente desejava confessar.

– O senhor deve se lembrar de como lhe falei sobre uma foto do meu sobrinho, um que eu mostrei para o major Palgrave e ele não me devolveu...

– Sim, sim, é claro que eu me lembro. Lamento não termos conseguido encontrá-lo para a senhorita.

– Não houve nada disso – Miss Marple afirmou com uma voz baixinha e atemorizada.

– Perdão?

– Não houve nada disso. Inventei essa história, infelizmente.

– Inventou? – o dr. Graham exibiu um semblante levemente aborrecido. – Por quê?

Miss Marple contou-lhe. Contou-lhe com grande clareza e objetividade. Contou-lhe sobre a história de assassinato do major Palgrave, e sobre como ele estivera prestes a mostrar para ela a foto em questão, e sobre a súbita confusão do major, e então passou a relatar sua própria ansiedade, bem como sua decisão final de tentar obter, de alguma forma, um vislumbre da foto.

– E, com sinceridade, eu não conseguia imaginar nenhuma maneira de obter isso sem lhe contar algo que era de todo inverídico – ela falou. – Espero que o senhor possa me perdoar.

– A senhorita pensa que o que ele quase lhe mostrou era o retrato de um assassino?

– Foi o que ele disse que era – retrucou Miss Marple. – Disse, pelo menos, que a foto lhe tinha sido dada por certo conhecido que lhe contara uma história sobre um homem que era um assassino.

– Sim, sim. E... queira me perdoar... a senhorita acreditou nele?

– Não sei se realmente acreditei nele ou não naquele momento – respondeu Miss Marple. – Mas aí, veja bem, no dia seguinte ele morreu.

– Sim – falou o dr. Graham, golpeado de súbito pela clareza daquela única frase: *No dia seguinte ele morreu...*

– E aquele retrato tinha desaparecido.

O dr. Graham olhou para ela. Não sabia bem o que dizer.

– Perdoe-me, Miss Marple – falou afinal –, mas isso que a senhorita está me contando agora... é realmente verdade dessa vez?

– Não me espanta que o senhor duvide de mim – retrucou Miss Marple. – Eu duvidaria no seu lugar. Sim, é verdade o que eu estou lhe contando agora, mas entendo perfeitamente que o senhor teria de confiar apenas na minha palavra. Contudo, mesmo que não acredite em mim, achei que deveria lhe contar.

– Por quê?

– Cheguei à conclusão de que o senhor precisava ter o máximo de informações. Para o caso...

– Para o caso de quê?

– Para o caso de o senhor decidir tomar alguma medida.

## Capítulo 10

# Uma decisão em Jamestown

O dr. Graham estava em Jamestown, no gabinete do administrador, sentado diante de uma mesa na frente de seu amigo Daventry, um jovem de 35 anos com aspecto grave.

– Você soava bastante misterioso ao telefone, Graham – disse Daventry. – Algum problema em especial?

– Não sei – disse o dr. Graham –, mas estou preocupado.

Daventry olhou para o rosto do amigo e então, enquanto bebidas eram trazidas, assentiu com a cabeça. Falou em tom despreocupado sobre uma expedição de pesca que fizera recentemente. Depois, quando a empregada já saíra, recostou-se na cadeira e olhou para o outro homem.

– Pois bem – falou –, desembuche.

O dr. Graham relatou os fatos que o deixavam preocupado. Daventry soltou um longo e lento assobio.

– Você acha que talvez alguma coisa não cheire bem na morte do velho Palgrave? Já não tem certeza de que ele morreu de causas naturais? Quem atestou a morte? Robertson, eu suponho. Ele não tinha quaisquer dúvidas, tinha?

– Não, mas acho que ele pode ter sido influenciado ao dar o atestado pela presença dos comprimidos de Serenite no banheiro. Ele me perguntou se Palgrave mencionara que sofria de hipertensão, e eu disse que não, que eu nunca tivera nenhuma discussão médica com ele, mas aparentemente o major havia falado disso com outras pessoas no hotel. O negócio todo... o frasco de comprimidos, e o que Palgrave havia dito às pessoas... tudo se encaixava... não havia nenhuma razão no mundo para suspeitar de qualquer outra coisa. Tratava-se de uma dedução perfeitamente natural... mas acho agora que pode não ter sido correta. Se tivesse sido um encargo meu dar aquele atestado, eu o teria dado sem pensar duas vezes. As aparências são mais do que condizentes com uma morte por aquela causa. Eu nunca teria voltado a pensar a respeito se não fosse pelo estranho desaparecimento do retrato...

– Mas ouça, Graham – disse Daventry. – Se você me permite dizer: será que você não está confiando um pouco demais numa história um tanto fantasiosa contada por uma senhora de idade? Você sabe como são as senhoras idosas. Elas aumentam exageradamente algum detalhe e transformam a história toda.

– Sim, eu sei – o dr. Graham falou com tristeza. – Eu sei disso. Eu disse a mim mesmo que poderia ser esse o caso, que provavelmente *era* isso. Mas não consigo me convencer de todo. Ela argumentou com tamanha clareza e tantos pormenores...

– O negócio todo me parece absurdamente improvável – disse Daventry. – Uma velhinha qualquer conta uma história sobre uma foto que não deveria estar ali... não, eu mesmo estou me confundindo... estou querendo dizer o contrário, não é?... mas a única coisa que você realmente tem como base é que uma camareira afirma que um frasco de comprimidos, que as autoridades tinham tomado como prova, não estava no quarto do major no dia que antecedeu sua morte. Contudo, existem cem explicações para isso. Podia ser que ele carregasse esses comprimidos o tempo todo no bolso.

– É possível, eu suponho, sim.

– Ou a camareira pode ter cometido um engano e ela simplesmente não tinha notado esse frasco antes...

– Isso também é possível.

– Pois bem, então...

Graham falou devagar:

– A jovem se mostrou muito segura.

– Bem, os nativos de St. Honoré se alvoroçam com qualquer coisa, sabe... Ficam exaltados com facilidade. Você está pensando que ela sabe... um pouco mais do que contou?

– Não descarto essa possibilidade – o dr. Graham respondeu devagar.

– Seria melhor tentar arrancar isso dela, se for esse o caso. Não nos interessa um alarido desnecessário... a menos que tenhamos algo em que possamos nos basear. Se ele não morreu por causa da pressão arterial, o que você acha que foi?

– Existem inúmeras coisas que poderiam ser usadas hoje em dia – retrucou o dr. Graham.

– Você se refere a coisas que não deixam vestígios detectáveis?

– Nem todo mundo – disse o dr. Graham secamente – faz a cortesia de usar arsênico.

– Pois bem, vamos deixar tudo bem claro: qual é a insinuação? Que um frasco de comprimidos foi colocado no lugar dos verdadeiros? E que o major Palgrave foi envenenado dessa maneira?

– Não... não é esse o caso. Isso é o que está pensando a jovem... Victoria Não Sei Quem. Mas ela interpretou tudo errado... Se a decisão tivesse sido eliminar o major... com presteza... teriam dado a ele alguma coisa... muito provavelmente num drinque qualquer. Depois, para dar uma impressão de morte natural, um frasco de comprimidos prescritos para aliviar a pressão arterial foi deixado em seu quarto. E fizeram circular um rumor de que ele sofria de pressão alta.

– Quem fez circular o rumor?

– Tentei descobrir... sem êxito. Agiram com muita astúcia. A diz "*Acho* que B me contou"; B, questionado, diz "Não, não fui eu quem disse, mas recordo de fato que C mencionou isso outro dia"; C diz "Diversas pessoas comentaram isso... uma delas, creio, foi A". E lá estamos nós, outra vez, na estaca zero.

– Alguém agiu com astúcia?

– Sim. Tão logo encontraram o major morto, todos pareceram começar a falar sobre a pressão alta do major, repetindo aos quatro ventos o que outras pessoas haviam dito.

– Não teria sido mais fácil simplesmente envenená-lo e deixar por isso?

– Não. Isso poderia levar a um inquérito... possivelmente uma autópsia... Com esse método, um médico decerto aceitaria a morte com um mero atestado... e foi o que ele fez.

– O que você quer que eu faça? Que eu fale com o departamento de investigação criminal? Que eu sugira que eles desenterrem o camarada? Isso causaria uma confusão danada...

– Poderia ser mantido em sigilo.

– Poderia? Em St. Honoré? Pense melhor! Os boatos pegariam fogo antes de a exumação ter sequer começado. Mesmo assim – Daventry suspirou –, acho que teremos de fazer alguma coisa. Mas, se quiser saber, isso é procurar pelo em ovo!

– Espero fervorosamente que seja – disse o dr. Graham.

## Capítulo 11

# Noite no Golden Palm

### I

Molly refez o arranjo de algumas das decorações de mesa no salão de jantar, retirou uma faca excedente, endireitou um garfo, reposicionou este ou aquele copo, afastou-se para contemplar o efeito e então foi para o terraço. Não havia ninguém por perto naquele momento; ela caminhou até a extremidade, parando junto ao parapeito. Logo teria início mais uma noite. Algazarra, conversação, bebidas, todos muito alegres e despreocupados – o tipo de vida que ela sempre almejara e que lhe proporcionara, até poucos dias antes, tanto prazer... Agora, até mesmo Tim parecia ansioso e preocupado. Era natural, talvez, que ele se inquietasse um pouco. Era importante que aquela aventura dos dois desse certo. Afinal de contas, ele investira tudo o que tinha.

Mas isso, pensou Molly, não era o que *realmente* o preocupava. "Sou *eu*. Mas não entendo", Molly disse consigo, "por que razão ele se preocupa *comigo*." Porque ele de fato se preocupava com ela. Disso Molly tinha plena certeza. As perguntas que Tim fazia, o olhar rápido e nervoso que ele lhe disparava de tempos em tempos... "Mas por quê?", pensou Molly. "Eu fui bastante cuidadosa." Ela recapitulou tudo em sua mente. Simplesmente não conseguia entender. Não conseguia se lembrar de quando começara. Não tinha sequer muita certeza do que era. Havia começado a ter medo das pessoas. Não sabia por quê. O que poderiam lhe fazer? O que poderiam querer fazer com ela?

Molly assentiu com a cabeça; então teve um violento sobressalto – a mão de alguém tocava seu braço. Girou o corpo e viu Gregory Dyson, ligeiramente desconcertado, com uma expressão de desculpa.

– Mil desculpas. Eu lhe dei um susto, garotinha?

Molly detestava ser chamada de "garotinha".

Ela retrucou com rapidez e vivacidade:

– Não escutei os seus passos, sr. Dyson, por isso tive um sobressalto.

– Sr. Dyson? Estamos bastante formais nesta noite. Por acaso não somos todos, aqui, uma grande família feliz? Ed e eu, Lucky e Evelyn, você e Tim, Esther Walters e o velho Rafiel. Todo o nosso bando, uma família feliz...

"Ele já bebeu um bocado", Molly pensou. Sorriu para ele de modo afável.

– Ah! Eu encarno às vezes a anfitriã clássica – alegou em tom ameno. – Tim e eu consideramos que é mais educado não usar demais os nomes próprios.

– Ah! Não queremos saber desse negócio uniformizado. Pois bem, Molly minha querida, tome um drinque comigo.

– Não agora – disse Molly. – Tenho algumas coisas para resolver.

– Ora, não fuja – o braço de Tim prendeu o braço dela. – Você é uma garota encantadora, Molly. Espero que Tim saiba valorizar a sorte que tem.

– Ah, no que depender de mim ele vai valorizar – Molly retrucou com jovialidade.

– Eu poderia ficar caído por você, sabia? Totalmente caído – ele lhe lançou um olhar lascivo –, embora eu não deixe a minha mulher me ouvir dizendo isso.

– Vocês fizeram uma boa excursão nesta tarde?

– Acho que sim. Aqui entre nós, eu fico um pouco farto desse negócio às vezes. Os pássaros e as borboletas cansam lá pelas tantas. Que tal você e eu sairmos para um piquenique só nosso uma hora dessas?

– Vamos ver – Molly respondeu alegremente. – Vou ficar na expectativa.

Ela escapou com uma risada e voltou para o bar.

– Oi, Molly! – disse Tim. – Você parece estar apressada. Com quem você estava lá fora?

Ele espiou para fora.

– Gregory Dyson.

– O que ele quer?

– Queria me passar uma cantada – disse Molly.

– Maldito – Tim retrucou.

– Não se preocupe – disse Molly –, eu posso amaldiçoar o que for preciso.

Tim começou a lhe responder, avistou Fernando e avançou na direção dele, gritando-lhe algumas orientações. Molly escapuliu pela cozinha, saindo pela porta da cozinha e descendo as escadas que levavam à praia.

Gregory Dyson praguejou baixinho. Então caminhou lentamente de volta, na direção de seu bangalô. Quando já estava quase lá, uma voz lhe falou algo em meio à sombra de um dos arbustos. Ele virou a cabeça, parecendo assustado. No crepúsculo, pensou por um momento que se tratava de uma figura fantasmagórica. Então riu. O vulto parecia um fantasma sem rosto, mas era porque, embora o vestido fosse branco, o rosto era negro.

Saindo dos arbustos, Victoria veio até a trilha.

– Sr. Dyson, por favor...

– Sim. O que foi?

Envergonhado por ter se assustado, ele falara com um toque de impaciência.

– Eu lhe trouxe isso aqui, senhor.

Ela estendeu sua mão, em cuja palma se via um frasco de comprimidos.

– Isso pertence ao senhor, não é? Sim?

– Ah, meu frasco de comprimidos de Serenite. Sim, claro. Onde foi que você o encontrou?

– Encontrei onde foi colocado. No quarto do cavalheiro.

– Como assim, no quarto do cavalheiro?

– O cavalheiro que está morto – ela acrescentou com um semblante grave. – Acho que ele não repousa em paz no túmulo.

– Por que diabos não repousa? – Dyson perguntou.

Victoria ficou olhando para ele.

– Ainda não sei do que você está falando. Está querendo dizer que encontrou este frasco de comprimidos no bangalô do major Palgrave?

– Isso mesmo. Depois que o doutor e o pessoal de Jamestown foram embora, eles me deram as coisas todas do banheiro dele para jogar fora. A pasta de dente e as loções, e as outras coisas todas... incluindo isso aqui.

– Bem, e por que você não jogou fora?

– Porque essas pílulas aqui são do senhor. O senhor não estava encontrando. Lembra que perguntou sobre elas?

– Sim... bem... sim, eu lembro. Eu... eu só não sabia onde as tinha deixado.

– Não, o senhor não deixou em lugar nenhum. Elas foram tiradas do seu bangalô e colocadas no bangalô do major Palgrave.

– Como você sabe? – ele retrucou com aspereza.

– Eu sei. Eu vi – Victoria sorriu para ele num súbito lampejo de dentes brancos. – Alguém as colocou no quarto do cavalheiro morto. Agora eu as devolvo para o senhor.

– Espere um pouco. O que você está querendo dizer? O que... quem você viu?

Ela se afastou às pressas, voltando a mergulhar na escuridão dos arbustos. Greg fez menção de segui-la e então parou. Ficou coçando seu queixo.

– Qual é o problema, Greg? Viu um fantasma? – a sra. Dyson perguntou enquanto se aproximava pela trilha, vindo do bangalô.

– Achei que eu tinha visto, por um minuto.

– Com quem você estava falando?

– A moça de cor que arruma o nosso bangalô. O nome dela é Victoria, não?

– Ela queria o quê? Passar uma cantada em você?

– Não seja estúpida, Lucky. A garota enfiou uma ideia idiota na cabeça.

– Que ideia?

– Você lembra que eu não conseguia encontrar o meu Serenite esses dias?

– Você disse que não conseguia.

– Como assim, "você disse que não conseguia"?

– Ah, mas que diabos, você precisa implicar com tudo o que eu digo?

– Me desculpe – disse Greg. – Todo mundo anda tão absurdamente misterioso...

Ele estendeu a mão com o frasco.

– A garota me devolveu.

– Ela tinha surrupiado as pílulas?

– Não. Ela... encontrou o frasco em algum lugar, eu acho.

– Bem, e daí? Qual é o mistério nisso?

– Ah, nada – Greg disse. – Ela me irritou, só isso.

– Ora, Greg, que história é essa? Venha comigo, vamos tomar um drinque antes do jantar.

## II

Molly havia descido até a praia. Arrastara uma das velhas cadeiras de vime, uma das mais cambaias, que raramente eram usadas. Ficou sentada por um tempo, olhando para o mar; de repente, deixou o rosto cair dentro das mãos e irrompeu em lágrimas. Ficou na mesma posição, soluçando desenfreadamente por algum tempo. Então ouviu um farfalhar junto de si e levantou a cabeça. Viu a sra. Hillingdon encarando-a.

– Oi, Evelyn, não ouvi você. Me... me desculpe.

– Qual é o problema, minha criança? – Evelyn perguntou. – Algum problema?

Ela puxou outra cadeira e sentou-se.

– Me conte o que é.

– Não há nenhum problema – disse Molly. – Nenhum problema mesmo.

– É claro que há. Você não ficaria aqui sentada, chorando por nada. Você não pode me contar? Foi... foi algum desentendimento entre você e Tim?

– Não, *não*...

– Fico contente. Vocês parecem sempre um casal tão feliz.

– Não mais do que vocês – falou Molly. – Tim e eu sempre comentamos que você e Edward parecem tão felizes juntos num casamento que já dura tantos anos...

– Ah, isso – retrucou Evelyn.

Ela retrucara com um tom ríspido, mas Molly não chegou a notar.

– As pessoas discutem tanto – Molly disse – e têm cada briga... Até quando gostam muito um do outro, mesmo assim parecem viver brigando, e não se importam nem um pouco se brigam em público ou não.

– Algumas pessoas gostam de viver desse jeito – Evelyn falou. – Não significa grande coisa, na verdade.

– Bem, eu acho que é horrendo – retrucou Molly.

– Eu também, na verdade – disse Evelyn.

– Mas ver você e Edward...

– Ah, não quer dizer nada, Molly. Não posso deixar que vocês continuem pensando coisas desse tipo. Edward e eu... – ela se calou por um momento. – Se quer saber a verdade, mal dissemos uma palavra para o outro na nossa intimidade nos últimos três anos.

– O quê?! – Molly a encarou chocada. – Não... não posso acreditar.

– Ah, nós dois apresentamos um belo espetáculo – Evelyn disse. – Nem eu nem ele somos do tipo que gosta de brigar em público. E, de qualquer forma, na verdade não há nenhum motivo para briga.

– Mas o que houve de errado? – Molly perguntou.

– O de sempre.

– Como assim, o de sempre? Outra...

– Sim, outra mulher na história, e não me parece que você teria dificuldade para adivinhar quem é essa mulher.

– Você se refere à sra. Dyson? Lucky?

Evelyn confirmou com a cabeça.

– Sei que os dois sempre ficam flertando um com o outro – falou Molly –, mas achei que era só...

– Só espirituosidade? – Evelyn completou. – Nenhuma intenção por trás?

– Mas por que... – Molly calou-se e tentou de novo. – Mas você não... ah, quero dizer, bem, acho que eu não deveria perguntar.

– Pergunte o que quiser – disse Evelyn. – Estou cansada de jamais abrir a boca, cansada de ser uma esposa educada e feliz. Edward simplesmente perdeu a cabeça de vez em relação a Lucky. Foi idiota o bastante para me comunicar esse fato. Isso fez com que ele se sentisse melhor, eu suponho. Sincero. Honrado. Todo esse tipo de besteira. Não lhe ocorreu pensar que isso não faria com que *eu* me sentisse melhor.

– Ele quis se separar de você?

Evelyn balançou a cabeça.

– Nós temos dois filhos, sabe – ela disse. – Filhos aos quais somos ambos muito apegados. Eles estão num colégio na Inglaterra. Não quisemos desmanchar o lar. E, além disso, é claro, Lucky tampouco queria um divórcio. Greg é um homem muito rico. Sua primeira mulher deixou-lhe uma montanha de dinheiro. De modo que decidimos deixar a vida seguir em paz: Edward e Lucky numa feliz imoralidade, Greg numa bem-aventurada ignorância e Edward e eu apenas como bons amigos.

Ela falava com escaldante amargura.

– Como... como você consegue aguentar?

– A gente se acostuma com tudo. Mas às vezes...

– Às vezes? – Molly repetiu.

– Às vezes eu gostaria de matar aquela mulher.

O fervor em sua voz assustou Molly.

– Mas chega de falar de mim – disse Evelyn. – Vamos falar de você. Quero saber qual é o problema.

Molly ficou calada por alguns instantes e então falou:

– É só... é só que eu acho que tem alguma coisa de errado comigo...

– Errado? Como assim?

Molly sacudiu a cabeça com tristeza.

– Estou assustada – ela disse. – Estou terrivelmente assustada.

– Assustada com o quê?

– Com tudo – respondeu Molly. – O medo... está tomando conta de mim. Vozes nos arbustos, sons de passos... ou coisas que as pessoas dizem. Como se alguém estivesse me vigiando o tempo inteiro, eu me espionando. Alguém me odeia. Isso é o que eu não consigo parar de sentir. Alguém me odeia.

– Minha querida criança... – Evelyn estava pasma e sobressaltada. – Há quanto tempo isso está acontecendo?

– Não sei. A sensação veio... começou aos poucos. E ocorreram outras coisas também.

– Que coisas?

– Há vezes – Molly falou devagar – em que eu não consigo explicar o que acontece, não consigo me lembrar...

– Você está dizendo querendo dizer que tem apagões... esse tipo de coisa?

– Acho que sim. Quer dizer, às vezes são... ah, digamos que sejam cinco da tarde... e eu não consigo me lembrar de nada desde a uma e meia ou duas.

– Ah, minha querida, mas isso é só porque você estava dormindo. Deu uma cochilada.

– Não – disse Molly –, não é nada disso. Porque, veja bem, no fim desse período não é como se eu tivesse acabado de dar uma cochilada. Eu me vejo num *lugar* diferente. Às vezes estou usando roupas diferentes e às vezes pareço ter feito coisas... até mesmo falando com pessoas, conversando com alguém, e não me lembrando dessas coisas.

Evelyn exibia uma expressão chocada.

– Mas, Molly, minha querida, se é assim, então você deveria consultar um médico.

– Não vou consultar um médico! Não quero. Não quero chegar nem mesmo *perto* de um médico.

Evelyn contemplou abruptamente aquele rosto abatido, então tomou a mão da jovem nas suas.

– Pode ser que você esteja se assustando por nada, Molly. Você sabe que existem diversos tipos de distúrbios nervosos que, na verdade, não são nem um pouco sérios. Um médico logo a tranquilizaria.

– Pode ser que não. Ele poderia dizer que existe algo de realmente errado comigo.

– Por que motivo haveria algo de errado com você?

– Porque... – Molly começou a falar e então se calou. – Nenhum motivo, eu acho – continuou.

– A sua família não poderia... Você não tem familiares próximos, uma mãe ou irmãs ou alguém que pudesse vir para cá?

– Eu não me dou bem com a minha mãe. Nunca me dei. Tenho irmãs. Elas são casadas, mas acho... acho que poderiam vir se eu precisasse delas. Mas não preciso delas. Não preciso de ninguém... ninguém exceto Tim.

– E Tim sabe disso tudo? Você contou para ele?

– Não exatamente – Molly respondeu. – Mas ele fica inquieto por minha causa, fica me vigiando. É como se ele estivesse tentando... tentando me ajudar ou me proteger. Mas, se ele faz isso, significa que eu preciso de proteção, não é mesmo?

– Acho que grande parte pode ser só imaginação, mas ainda considero que você deveria consultar um médico.

– O velho dr. Graham? Ele não serviria para nada.

– Há outros médicos na ilha.

– Está tudo bem, na verdade – disse Molly. – Apenas não devo ficar pensando a respeito. Espero que seja tudo imaginação, como você diz. Santo Deus, está ficando incrivelmente tarde. Eu já deveria estar no batente no salão de jantar. Eu... eu preciso voltar.

Ela olhou brusca e quase ofensivamente para Evelyn Hillingdon; então se foi às pressas. Evelyn ficou observando o seu afastamento.

## Capítulo 12

# Velhos pecados projetam longas sombras

### I

– Acho que tem uma coisa batendo na minha porta, homem.

– Como é, Victoria?

– Acho que tem uma coisa batendo na minha porta. Pode ser dinheiro. Dinheiro grosso.

– Olha aqui, garota, trate de ter cuidado, não vá se enredar numa enrascada. Talvez fosse melhor eu lidar com isso aí.

Victoria riu, uma risada profunda, encorpada.

– Espere só para ver – ela disse. – Eu sei como fazer a jogada. É dinheiro, homem, é dinheiro grosso. Algo que eu vi, algo que eu adivinhei. Acho que adivinhei certo.

E mais uma vez a risada encorpada e profunda ressoou na noite.

### II

– Evelyn...

– Sim?

Evelyn Hillingdon respondia mecanicamente, sem interesse. Não olhava para o marido.

– Evelyn, você se importaria se nós deixássemos tudo isso aqui e voltássemos à Inglaterra?

Evelyn estivera penteando seus cabelos curtos e escuros. Agora suas mãos desceram da cabeça numa queda súbita. Ela se voltou para Edward Hillingdon.

– Você quer dizer... Mas nós acabamos de chegar. Não faz mais de três semanas que estamos aqui nas ilhas.

– Eu sei. Mas... você se importaria?

Os olhos dela o examinaram, incrédulos.

– Você realmente quer voltar à Inglaterra? Voltar para casa?

– Sim.

– E abandonar... Lucky.

Ele estremeceu.

– Você sabia o tempo todo, eu imagino, que... que ainda estava acontecendo?

– Sabia muito bem. Sim.

– Você nunca falou nada.

– E por que motivo eu falaria? Colocamos tudo em pratos limpos anos atrás. Nem eu nem você desejávamos um rompimento. De modo que concordamos que cada um seguiria o seu caminho... mas mantendo as aparências em público.

Então ela acrescentou, antes que o marido pudesse falar:

– Mas por que você está tão determinado a voltar à Inglaterra *agora*?

– Porque estou chegando no meu limite. Não consigo aguentar mais, Evelyn. Não consigo.

O tranquilo Edward Hillingdon estava transformado. Suas mãos tremiam, ele engolia em seco, seu rosto impassível e calmo parecia distorcido pela dor.

– Pelo amor de Deus, Edward, qual é o *problema*?

– Não há nenhum problema, Evelyn, exceto que eu quero sair daqui...

– Você se apaixonou perdidamente por Lucky. E agora superou essa paixão. Isso é o que você está me dizendo?

– Sim. Não espero que você jamais volte a sentir o mesmo de antes.

– Ah, não vamos entrar nisso agora! Eu quero entender o que está perturbando você tanto assim, Edward...

– Não estou particularmente perturbado.

– Está sim. Por quê?

– Não é óbvio?

– Não, não é – disse Evelyn. – Coloquemos em termos concretos e simples. Você teve um caso com uma mulher. Isso acontece com bastante frequência. E agora o caso está terminado. Ou não terminou? Talvez não tenha terminado da parte *dela*. É isso? Greg sabe? Eu sempre me perguntei...

– Eu não sei – disse Edward. – Ele nunca disse nada. Greg sempre me parece mais do que amigável.

– Os homens sabem ser extremamente obtusos – Evelyn falou pensativa. – Ou então... talvez o próprio Greg tenha um interesse paralelo!

– Ele já passou cantadas em você, não passou? – Edward perguntou. – Responda... Eu sei que passou...

– Ah, é claro – Evelyn disse despreocupada –, mas ele canta todo mundo. É típico de Greg. Não tem realmente muita importância, imagino. É só Greg atuando como homem-macho.

– Você sente alguma coisa por ele, Evelyn? Eu prefiro saber a verdade.

– Por Greg? Gosto bastante dele... Greg me diverte. É um bom amigo.

– E isso é tudo? Eu gostaria de poder acreditar em você.

– Não consigo realmente entender de que modo isso pode importar para você – Evelyn falou secamente.

– Acho que mereço isso.

Evelyn andou até a janela, contemplou o panorama do alpendre e voltou.

– Eu gostaria que você me contasse o que *realmente* o está perturbando, Edward.

– Eu lhe contei.

– Será?

– Você não consegue entender, talvez, até que ponto uma loucura temporária desse tipo pode parecer extraordinária depois que você a superou.

– Posso tentar entender, talvez. Mas o que está me preocupando agora é que Lucky parece ter exercido alguma espécie de influência repressora sobre você. Ela não é somente uma amante descartada. É uma tigresa com garras. Você *precisa* me contar a verdade, Edward. É a única saída se você quer que eu fique ao seu lado.

Edward disse em voz baixa:

– Se eu não me afastar dela logo... vou matá-la.

– Matar Lucky? Por quê?

– Por causa do que ela me fez fazer...

– O que ela o fez fazer?

– Eu ajudei Lucky a cometer um assassinato...

As palavras estavam ditas. Houve um silêncio. Evelyn encarou-o fixamente.

– Você tem noção do que está dizendo?

– Sim. Eu não sabia que estava cometendo um assassinato. Ela me pediu para lhe conseguir certas coisas... com o farmacêutico. Eu não sabia... não fazia a menor ideia do que ela queria fazer com aquilo. Lucky me fez copiar uma prescrição que ela tinha...

– Quando foi isso?

– Quatro anos atrás. Quando nós estávamos na Martinica. Quando... quando a mulher de Greg...

– Você quer dizer a primeira mulher de Greg? Gail? Quer dizer que Lucky a envenenou?

– Sim; e eu ajudei. Quando me dei conta...

Evelyn interrompeu-o.

– Quando você se deu conta do que acontecera, Lucky lhe salientou que *você* tinha escrito a prescrição, que *você* arranjara os medicamentos, que você e ela estavam no mesmo barco? Estou certa?

– Sim. Ela disse que havia feito aquilo por piedade... que Gail estava sofrendo... que Gail tinha implorado a ela para conseguir alguma coisa que desse um fim a tudo.

– Uma execução misericordiosa! Sei. E você acreditou *nisso*?

Edward Hillingdon ficou calado por um momento e então disse:

– Não... não acreditei, na verdade... no fundo, não. Aceitei porque queria acreditar... porque eu estava enfeitiçado por Lucky.

– E depois... quando ela se casou com Greg... você continuou acreditando?

– Aquela altura eu já tinha me forçado a crer.

– E Greg... o quanto ele sabia de tudo?

– Nada em absoluto.

– Nisso eu acho difícil acreditar!

Edward Hillingdon explodiu:

– Evelyn, eu *preciso* me livrar de tudo isso. Aquela mulher ainda me provoca por causa do que eu fiz. Ela sabe que eu não sinto mais nada por ela. Sentir nada por ela?... Eu passei a odiá-la... Mas ela faz com que eu me sinta preso a ela... por aquilo que nós fizemos juntos...

Evelyn andou de um lado a outro pelo quarto. Então parou e o encarou.

– O problema todo com você, Edward, é que você é ridiculamente sensível... e também inacreditavelmente sugestionável. Aquela mulher infernal tem você na palma da mão apenas manipulando o seu sentimento de culpa...

E eu digo a você em simples termos bíblicos: a culpa que pesa na sua consciência é a culpa do adultério... não do assassinato... Você estava tomado de culpa por causa do seu caso com Lucky... e ela o usou como fantoche naquele ardil de assassinato e deu um jeito de fazer com que você sentisse que compartilhava da culpa dela. Você *não* compartilha.

– Evelyn... – ele deu um passo na direção da esposa.

Ela recuou e contemplou-o de maneira perscrutadora por alguns instantes.

– Isso tudo é verdade, Edward?... *É*? Ou você está inventando?

– Evelyn! Por que raios eu faria uma coisa dessas?

– Eu não sei – Evelyn Hillingdon respondeu devagar. – É só talvez... porque acho difícil acreditar... em qualquer pessoa. E porque... Ah, não sei... é algo que eu tenho, acho... não consigo saber quando me dizem a verdade.

– Vamos deixar tudo isso para trás. Vamos voltar à Inglaterra.

– Sim. Nós vamos. Mas não agora.

– Por que não?

– Precisamos continuar como de costume... só por enquanto. É importante. Você entende, Edward? Não podemos deixar Lucky suspeitar da nossa intenção...

## Capítulo 13

# Victoria Johnson sai de cena

A noite estava chegando ao fim. A banda de tambores por fim relaxava o ímpeto. Tim encontrava-se no salão de jantar, junto à saída para o terraço. Ele apagou alguns abajures em mesas que haviam sido desocupadas.

Uma voz soou atrás dele.

– Tim, posso falar com você um instante?

Tim Kendal sobressaltou-se.

– Oi, Evelyn, tem algo que eu possa fazer por você?

Evelyn olhou em volta.

– Vamos até aquela mesa, sente comigo um minuto.

Ela o conduziu até uma mesa na extremidade do terraço. Não havia ninguém perto deles.

– Tim, você precisa me perdoar por falar disso com você, mas estou preocupada com Molly.

O rosto dele se alterou no mesmo instante.

– O que tem Molly? – perguntou secamente.

– Não creio que ela esteja muito bem. Parece estar perturbada.

– As coisas parecem mesmo deixá-la perturbada com bastante facilidade nos últimos tempos.

– Ela deveria consultar um médico, eu acho.

– Sim, eu sei, mas ela não quer. Ela detestaria fazer isso.

– Por quê?

– Hein? Como assim?

– Eu perguntei por quê. Por que razão ela detestaria consultar um médico?

– Bem – Tim retrucou de maneira um tanto vaga –, certas pessoas detestam, sabe... É algo... bem, isso lhes dá medo de si mesmas.

– Você está preocupado com ela, não está, Tim?

– Sim. Sim, bastante.

– Não há ninguém da família dela que pudesse vir para cá e ficar com Molly?

– Não. Isso deixaria tudo pior, bem pior.

– Qual *é* o problema... com a família dela, eu quero dizer?

– Ah, só a mesma coisa de sempre. Acho que ela é só hipersensível e... não se dava bem com a família... particularmente com a mãe. Nunca se deu. Aquela é... é uma família um tanto esquisita em certo sentido, e ela cortou relações. E fez bem, eu acho.

Evelyn falou com hesitação:

– Ela parece ter sofrido apagões, pelo que me contou, e parece ter medo das pessoas. Quase como uma mania de perseguição.

– Não diga isso – Tim retrucou com raiva. – Mania de perseguição! Todo mundo sempre diz isso sobre os outros. Só porque ela... bem... talvez ela tenha os nervos à flor da pele. Vindo aqui para as Índias Ocidentais... Todos os rostos escuros... As pessoas podem ter reações bem esquisitas às vezes, sabe, diante das Índias Ocidentais e das pessoas de cor.

– Mas uma jovem como Molly certamente não...

– Ah, como se pode saber de que coisas as pessoas têm medo? Existem aquelas que não conseguem ficar numa sala com gatos. E outras que desmaiam se uma lagarta cai em cima delas.

– Odeio sugerir isso... mas você não acha que talvez ela devesse procurar um... bem, um psiquiatra?

– *Não!* – Tim explodiu. – Não vou permitir que essa gente fique brincando com a cabeça dela. Eles deixam as pessoas piores. Se a mãe dela não tivesse ido atrás de psiquiatras...

– Então *houve* um problema desse tipo na família dela... não houve? Quero dizer, um histórico de... – ela escolheu a palavra com grande cuidado – instabilidade.

– Não quero falar sobre isso... eu a resgatei de tudo isso e ela ficou bem, totalmente bem. Ela só está passando por um período nervoso... Mas essas coisas não são hereditárias. Todo mundo sabe disso hoje em dia. É uma ideia superada. Molly tem a mais perfeita estabilidade mental. É só que... ah, acho que foi a morte do velho Palgrave, aquele desgraçado, o que deflagrou tudo isso...

– Entendo – Evelyn falou em tom pensativo. – Mas não houve realmente nenhum motivo para inquietar alguém na morte do major Palgrave, houve?

– Não, é claro que não. Mas é uma espécie de choque quando alguém morre de repente.

Ele parecia tão desesperado e tão derrotado que Evelyn deixou-se comover. Ela colocou a mão no braço de Tim Kendal.

– Bem, espero que você saiba o que está fazendo, Tim. Se eu puder ajudar de alguma maneira... quero dizer, se eu puder ir com Molly para Nova York... eu poderia voar com ela para lá, ou para Miami, ou algum lugar onde ela pudesse obter um aconselhamento médico de primeira qualidade...

– É muita bondade da sua parte, Evelyn, mas Molly está bem. Já superou o pior, de todo modo.

Evelyn sacudiu a cabeça em dúvida. Virou-se devagar e contemplou a extensão do terraço. A maioria das pessoas, àquela altura, havia se retirado para os bangalôs. Evelyn ia caminhando na direção de sua mesa, para conferir se havia esquecido algo ali, quando ouviu Tim soltar uma exclamação. Voltou a cabeça bruscamente. Tim olhava fixamente os degraus no fim do terraço, e Evelyn seguiu seu olhar. Então ela também prendeu a respiração.

Molly subia os degraus, vindo da praia. Arquejava com uma respiração profunda e soluçante. Seu corpo oscilava de um lado para o outro na subida, avançava numa corrida curiosa e sem direção. Tim gritou:

– *Molly!* O que houve?

Tim correu até ela e Evelyn o seguiu. Molly havia chegado ao topo dos degraus; ficou ali parada, com ambas as mãos nas costas. Falou com uma respiração soluçante:

– Eu a encontrei... Ela está lá nos arbustos... Lá nos arbustos... E vejam as minhas mãos, vejam as minhas *mãos*.

Ela estendeu as mãos. Evelyn prendeu a respiração ao ver as estranhas manchas escuras. Pareciam escuras na iluminação suave, mas ela sabia muito bem que a cor verdadeira era o vermelho.

– O que aconteceu, Molly? – Tim exclamou.

– Lá embaixo – disse Molly, quase perdendo o equilíbrio. – Nos arbustos...

Tim hesitou, olhou para Evelyn, empurrou Molly para junto de Evelyn e desceu os degraus correndo. Evelyn colocou o braço em volta da jovem.

– Venha. Sente-se, Molly. Aqui. É melhor você beber alguma coisa.

Molly desabou numa cadeira e curvou-se à frente sobre a mesa, sua testa repousando nos braços cruzados. Evelyn não lhe perguntou mais nada. Julgou ser melhor lhe dar um tempo de recuperação.

– Vai ficar tudo bem, sabia? – Evelyn falou com suavidade. – Vai ficar tudo bem.

– Eu não sei – disse Molly. – Não sei o que aconteceu. Não sei nada. Não consigo me lembrar. Eu... – ela ergueu a cabeça de súbito. – Qual é o problema comigo? Qual é o *problema* comigo?

– Está tudo bem, minha querida. Está tudo bem.

Tim vinha subindo lentamente os degraus. Seu rosto tinha um aspecto medonho. Evelyn olhou para ele, erguendo as sobrancelhas em consulta.

– É uma das nossas garotas – ele disse. – Como se chama mesmo? Victoria. Alguém cravou uma faca nela.

## Capítulo 14

# Inquérito

### I

Molly repousava em sua cama. O dr. Graham e o dr. Robertson – médico da polícia local – observavam-na num dos lados da cama, Tim no outro. Robertson colocou a mão no pulso de Molly. Ele fez um gesto positivo com a cabeça para o homem ao pé da cama, um homem moreno e esguio num uniforme policial – o inspetor Weston da polícia de St. Honoré.

– Um depoimento simples... nada mais – disse o médico.

O outro assentiu com a cabeça.

– Pois bem, sra. Kendal. Apenas nos conte como veio a encontrar a moça.

Por alguns instantes, foi como se a figura prostrada na cama não tivesse ouvido. Então ela falou com uma voz débil, longínqua:

– Nos arbustos... branco...

– A senhora viu algo branco... e tentou distinguir o que era? É isso?

– Sim... branco... no chão ali... eu tentei... tentei levantar... ela... aquilo... sangue... minhas mãos cheias de sangue.

Ela começou a tremer.

O dr. Graham sacudiu a cabeça para os demais.

Robertson sussurrou:

– Ela está no limite.

– O que estava fazendo na trilha da praia, sra. Kendal?

– Quente... agradável... junto ao mar...

– A senhora sabia quem era a moça?

– Victoria... querida... garota querida... risadas... ela costumava rir... ah, e agora não vai mais... Nunca mais vai rir. Nunca vou esquecer... nunca vou esquecer... – sua voz se elevou histericamente.

– Molly... não – pediu Tim.

– Quieta, quieta... – o dr. Robertson falou com autoridade tranquilizadora. – Apenas relaxe, relaxe.

Ele retirou a injeção hipodérmica e afirmou:

– Ela não terá condições de ser interrogada por no mínimo 24 horas. Avisarei quando for possível.

## II

O belo e grande negro olhou alternadamente para os dois homens sentados à mesa.

– Eu juro por Deus – ele disse. – É tudo o que eu sei. Só sei o que eu contei para vocês, nada mais.

O suor destacava-se em sua testa. Daventry suspirou. O homem que presidia os trabalhos, o inspetor Weston do departamento de investigações criminais de St. Honoré, dispensou-o com um gesto. Big Jim Ellis se arrastou para fora da sala.

– Não é tudo o que ele sabe, claro – Weston disse; ele tinha uma suave voz nativa. – Mas é tudo o que obteremos dele.

– Você acha que ele está livre de suspeita? – Daventry perguntou.

– Acho. Ao que surgiu, os dois tinham um bom relacionamento.

– Eles não eram casados?

Um leve sorriso surgiu nos lábios do tenente Weston.

– Não – ele falou –, não eram casados. Não temos muitos casamentos na ilha. Batizam as crianças, no entanto. Ele teve dois filhos com Victoria.

– Você acha que ele estava envolvido, em seja lá o que fosse, com ela?

– Provavelmente não. Acho que ele teria ficado nervoso com qualquer coisa desse tipo. E eu diria, também, que o que ela sabia não era grande coisa.

– Mas o suficiente para uma chantagem?

– Não sei se eu sequer chamaria de chantagem. Duvido que a jovem pudesse sequer entender essa palavra. O pagamento pela discrição não é considerado chantagem. Veja bem, algumas das pessoas que se hospedam aqui são do tipo rico e playboy, e os princípios morais dessa gente não resistem a uma mínima investigação.

Sua voz era ligeiramente mordaz.

– Recebemos todos os tipos, concordo – disse Daventry. – Uma mulher, digamos, não quer que saibam que ela está pulando a cerca, então dá um presente à jovem camareira que lhe presta serviço.

– Exato.

– Mas não se trata – Daventry objetou – de nada *desse* tipo. Foi assassinato.

– Eu duvido, contudo, que a jovem soubesse que era algo sério. Ela viu alguma coisa, certo incidente intrigante, algo que tivesse a ver, podemos presumir, com aquele frasco de comprimidos. Pertencente ao sr. Dyson, segundo dizem. Melhor falarmos com ele agora.

Gregory entrou com seu costumeiro ar enérgico.

– Aqui estou eu – ele disse –, como posso ajudá-los? Lastimável o caso dessa jovem. Era uma jovem querida. Nós gostávamos dela. Suponho que tenha sido alguma espécie de briga com um homem, mas ela parecia feliz, sem sinais de qualquer tipo de problema. Ontem à noite mesmo eu zombei dela.

– O senhor toma um preparado chamado Serenite, sr. Dyson, estou certo?

– Bastante certo. Pequenas pílulas cor-de-rosa.

– Elas lhe são prescritas por um médico?

– São. Posso mostrar a prescrição se quiserem. Eu tenho pressão alta, como tantas pessoas hoje em dia.

– Pouquíssimas pessoas parecem ter conhecimento desse fato.

– Bem, eu não saio por aí falando disso. Eu... bem, eu sempre fui saudável e enérgico, nunca gostei de gente que fica falando de suas moléstias o tempo todo.

– Quantas pílulas o senhor toma?

– Duas, três vezes por dia.

– O senhor tem um estoque razoavelmente grande?

– Sim. Tenho cerca de meia dúzia de frascos. Mas ficam guardados, vejam bem, numa mala. Só deixo fora um, o que está sendo usado.

– E o senhor perdeu esse frasco pouco tempo atrás, segundo eu soube...

– Isso mesmo.

– E perguntou para essa jovem, Victoria Johnson, se ela vira o frasco.

– Sim, perguntei.

– E o que foi que ela disse?

– Disse que o vira pela última vez na prateleira do nosso banheiro. Disse que havia procurado.

– E depois disso?

– Ela veio me devolver o frasco algum tempo depois. Perguntou se aquele era o frasco que estava sumido.

– E o senhor respondeu...

– Respondi: "Isso mesmo, ótimo, onde você o encontrou?". E ela disse que estava no quarto do velho major Palgrave. Eu perguntei: "Como é possível que tenha ido parar lá?".

– E qual foi a resposta que ela lhe deu?

– Ela respondeu que não sabia, mas... – Gregory hesitou.

– Sim, sr. Dyson?

– Bem, ela me passou a impressão de que sabia, sim, um pouco mais do que afirmava, mas não dei grande atenção. Afinal de contas, não era muito importante. Como eu disse, tenho outros frascos de comprimidos comigo. Achei que talvez eu o tivesse deixado sem querer no restaurante ou em outro lugar qualquer, e que o velho Palgrave o tivesse levado por alguma razão. Talvez ele o tivesse colocado no bolso pretendendo devolvê-lo e esquecido depois.

– Não sabe nada mais a respeito do caso, sr. Dyson?

– Isso é tudo o que eu sei. Lamento não poder ajudar em nada. Isso é importante? Por quê?

Weston encolheu os ombros.

– Do jeito que as coisas estão, qualquer coisa pode ser importante.

– Não consigo entender onde as pílulas entram na história. Achei que vocês desejariam saber quais foram as minhas atividades quando essa pobre jovem foi esfaqueada. Anotei as minhas ações com o maior cuidado possível.

Weston olhou para ele, pensativo.

– É mesmo? Isso foi muito prestativo da sua parte, sr. Dyson.

– Pouparia todo mundo de trabalho, eu pensei – disse Greg.

Ele deslizou pela mesa uma folha de papel. Weston examinou-a; Daventry aproximou um pouco mais sua cadeira e olhou por cima do ombro do companheiro.

– Tudo me parece bastante claro – Weston comentou após alguns instantes. – O senhor e a sua esposa ficaram juntos em seu bangalô, trocando de roupa para o jantar, até dez minutos antes das nove. Depois vocês foram para o terraço, onde tomaram drinques com Señora de Caspearo. Às nove e quinze, o coronel e a sra. Hillingdon juntaram-se a vocês e todos entraram para jantar. Até onde consegue recordar, o senhor foi se deitar por volta das onze e meia.

– Claro... – disse Greg. – Não sei a que horas a garota foi efetivamente morta...?

Havia um leve traço de questionamento nas palavras. O tenente Weston, porém, não pareceu notá-lo.

– A sra. Kendal a encontrou, segundo eu soube... Deve ter sido um choque pavoroso para ela...

– Sim. O dr. Robertson teve de lhe dar um sedativo.

– Isso foi bem tarde, não foi? Quando a maioria das pessoas já tinha desabado na cama?

– Foi.

– Ela já estava morta há algum tempo? Quero dizer, quando a sra. Kendal a encontrou...

– Ainda não temos muita certeza quanto ao horário exato – Weston falou calmamente.

– Pobre Molly. Deve ter sido um choque pavoroso para ela. Para falar a verdade, não notei a presença *dela* ontem à noite. Achei que decerto estava com dor de cabeça, ou algo assim, e que devia estar deitada.

– Quando foi que o senhor viu *de fato* a sra. Kendal pela última vez?

– Ah, bem cedo, antes de ir me trocar. Ela estava mexendo aqui e ali nas decorações e nos utensílios das mesas. Reposicionando as facas.

– Certo.

– Estava bem animada naquele momento – Greg disse. – Brincando e tudo mais. Ela é ótima. Todos nós gostamos muito dela. Tim é um sujeito de sorte.

– Bem, obrigado, sr. Dyson. O senhor não consegue se lembrar de nada mais além do que nos contou sobre o que a jovem Victoria disse quando devolveu os comprimidos?

– Não... foi bem como eu contei a vocês. Perguntou se aqueles eram os comprimidos pelos quais eu tinha perguntado. Disse que os encontrara no quarto do velho Palgrave.

– Ela não fazia ideia de quem os colocara lá?

– Acho que não... não consigo me lembrar, na verdade.

– Obrigado, sr. Dyson.

Gregory saiu.

– O sr. Dyson foi muito atencioso – Weston comentou, batendo de leve com a unha no papel – nessa ânsia de querer que nós soubéssemos exatamente onde ele estava ontem à noite.

– Uma ânsia um pouco exagerada, você não acha? – Daventry perguntou.

– Bem difícil dizer. Existem pessoas que são naturalmente nervosas em relação à própria segurança, que temem ser envolvidas em algum problema. Não significa necessariamente que tenham algum conhecimento culpado. Por outro lado, pode ser justamente isso.

– E quanto à oportunidade? Ninguém tem realmente grande coisa em matéria de álibi, com a função daquela banda e da dança e das idas e vindas. As pessoas ficam se levantando, se afastando das mesas, voltando. As mulheres saem para empoar o nariz. Os homens dão uma volta. Dyson poderia ter escapado de fininho. Qualquer pessoa poderia ter escapado de fininho. Mas ele de fato parece bastante ansioso por provar que *não* fez isso.

Ele olhou para o papel, pensativo.

– Então a sra. Kendal estava reposicionando as facas na mesa – falou. – Eu até me pergunto se ele não inseriu essa de propósito.

– Foi o que lhe pareceu?

O outro ponderou.

– Acho que é possível.

Surgira um ruído fora da sala na qual estavam sentados os dois homens. Uma voz alta exigia permissão para entrar com estridência:

– Eu tenho uma coisa pra contar. Eu tenho uma coisa pra contar. O senhor me leve onde os cavalheiros estão. O senhor me leve onde a polícia está.

Um policial de uniforme abriu a porta.

– É um dos cozinheiros daqui – ele disse –, muito ansioso por falar com vocês. Falou que sabe de algo que vocês deveriam ouvir.

Um homem moreno e assustado, com chapéu de cozinheiro, empurrou-o para o lado e entrou no recinto. Era um dos cozinheiros subalternos. Um cubano, não um nativo de St. Honoré.

– Vou contar uma coisa. Vou contar – ele disse. – Ela passou pela minha cozinha, passou sim, e tinha uma faca com ela. Uma faca, estou dizendo. Tinha uma faca na mão. Ela passou pela minha cozinha e saiu pela porta. Saiu para o jardim. Eu vi.

– Tente se acalmar – disse Daventry –, acalme-se. De quem você está falando?

– Vou contar de quem eu estou falando. Estou falando da mulher do chefe. A sra. Kendal. Estou falando sobre ela. Ela tinha uma faca na mão e saiu no escuro. Isso foi antes do jantar... e *ela não voltou.*

## Capítulo 15

# Prosseguimento do inquérito

### I

– Podemos ter uma conversa, sr. Kendal?

– É claro.

Tim levantou o rosto atrás de sua escrivaninha. Empurrou alguns papéis para o lado e apontou cadeiras. Seu rosto mostrava-se esgotado e entristecido.

– Como estão progredindo? Conseguiram algum indício promissor? Parece haver uma maldição neste lugar. As pessoas estão querendo ir embora, sabe, perguntando sobre passagens aéreas. Justo quando tudo estava parecendo um sucesso. Deus, vocês não sabem o que este lugar significa para mim e para Molly. Nós apostamos todas as nossas fichas aqui.

– É um golpe duro para vocês, eu sei – falou o inspetor Weston. – Não pense que não estamos compadecidos.

– Se tudo pudesse ser esclarecido com rapidez... – disse Tim. – Essa jovem desgraçada, a Victoria... Ah, eu não deveria falar assim dela! Ela era uma ótima garota, essa Victoria. Mas... mas deve haver alguma razão bastante simples, alguma... espécie de intriga, ou um caso amoroso que ela teve. Quem sabe o marido dela...

– Jim Ellis não era o marido dela, e os dois pareciam ser um casal bem estável.

– Se ao menos isso pudesse ser esclarecido com rapidez – Tim voltou a dizer. – Sinto muito. Vocês queriam conversar comigo sobre alguma coisa, me perguntar alguma coisa.

– Sim. Era sobre ontem à noite. De acordo com a perícia médica, Victoria foi morta em algum momento entre as dez e meia da noite e a meia-noite. Sob as circunstâncias que predominam aqui, não é muito fácil provar um álibi. As pessoas ficam se deslocando para lá e para cá, dançando, afastando-se do terraço, voltando. É tudo muito difícil.

– Acho que sim. Mas, por acaso, isso significa que vocês consideram definitivamente que Victoria foi morta por um dos hóspedes daqui?

– Bem, precisamos examinar essa possibilidade, sr. Kendal. O que eu quero lhe perguntar em específico diz respeito ao depoimento de um dos seus cozinheiros.

– Ah... Qual cozinheiro? Ele disse o quê?

– É um cubano, acredito.

– Nós temos dois cubanos e um porto-riquenho.

– Esse homem, Enrico, afirma que a sua esposa passou pela cozinha vindo do salão de jantar e saiu para o jardim e que ela estava carregando uma faca.

Tim encarou-o.

– Molly? Carregando uma faca? Ora, ela não poderia estar carregando uma faca! Quero dizer... por que... vocês não estão pensando... o que vocês estão tentando sugerir?

– Eu estou falando do momento em que as pessoas ainda não haviam aparecido no salão de jantar. Seria um horário, eu deduzo, por volta das oito e meia. O senhor encontrava-se no salão de jantar conversando com o garçom-chefe, acredito.

– Sim – Tim fez um esforço para recordar. – Sim, eu me lembro.

– E a sua esposa entrou vindo do terraço?

– Sim, foi isso – Tim concordou. – Ela sempre saía para dar uma conferida nas mesas. Às vezes os meninos dispõem as coisas errado, esquecem algum dos talheres, coisas assim. É bem provável que tenha sido isso. Pode ser que ela estivesse reposicionando os talheres ou algo assim. Pode ser que ela tivesse na mão uma faca ou colher sobressalente, algo desse tipo.

– E entrou no salão de jantar vindo do terraço. Ela conversou com o senhor?

– Sim, nós trocamos algumas palavras.

– Ela disse o quê? O senhor consegue se lembrar?

– Acho que eu lhe perguntei com quem ela estivera conversando. Ouvi a voz dela lá fora.

– E com quem ela disse que estivera conversando?

– Gregory Dyson.

– Ah. Sim. Foi o que *ele* disse.

Tim continuou:

– Ele tinha passado uma cantada nela, parece. Gregory Dyson é um pouco dado a esse tipo de coisa. Fiquei aborrecido e falei "Maldito", e Molly riu e disse que amaldiçoaria tudo o que fosse preciso. Molly é uma garota muito esperta nesse sentido. Nem sempre é uma situação fácil, sabe... Você não pode ofender os hóspedes, e, por isso, uma jovem atraente como Molly precisa deixar uma coisa dessas passar, rindo e dando de ombros. Para Gregory Dyson, é difícil manter as mãos longe de qualquer mulher bonita.

– Havia ocorrido algum desentendimento entre eles?

– Não, acho que não. Acho, como falei, que ela levou na brincadeira como sempre.

– O senhor não sabe dizer com segurança se ela tinha uma faca na mão ou não?

– Não consigo me lembrar. Tenho quase certeza de que não tinha. Na verdade, tenho total certeza de que não tinha.

– Mas o senhor acabou de dizer...

– Ouça, o que eu quis dizer é: se ela estava no salão de jantar ou na cozinha, é bem provável que pudesse ter recolhido uma faca ou que tivesse uma na mão. Para falar a verdade, consigo me lembrar muito bem, ela veio do salão de jantar e não tinha nada na mão. Nada em absoluto. Não tenho dúvida.

– Certo – disse Weston.

Tim olhou para ele com desconforto.

– Que diabos vocês estão querendo dar a entender? O que foi que aquele idiota... Enrico, Manuel, quem quer que tenha sido... falou?

– Falou que a sua esposa passou pela cozinha, que parecia estar transtornada, que tinha uma faca na mão.

– Ele só está dramatizando.

– O senhor teve alguma conversa adicional com a sua esposa durante o jantar ou depois?

– Não, acho que não tive. Para falar a verdade, eu estava bastante ocupado.

– A sua esposa estava no salão de jantar durante a refeição?

– Eu... ah... sim, nós sempre ficamos passando pelas mesas entre os hóspedes e assim por diante. Para ver como tudo está indo.

– Chegou a falar com ela?

– Não, acho que não falei... Geralmente nós ficamos bastante ocupados. Nem sempre notamos o que o outro está fazendo e certamente não temos tempo para falar um com o outro.

– O senhor efetivamente não se recorda de conversar com sua esposa até que ela subiu os degraus três horas mais tarde, após encontrar o corpo?

– Foi um choque medonho para ela. Ela ficou terrivelmente perturbada.

– Eu sei. Uma experiência muito desagradável. Por que motivo ela estava caminhando pela trilha da praia?

– Quando passa o estresse de servir o jantar, é comum ela sair para dar uma volta. Sabe como é, fugir por um minuto dos hóspedes, dar uma respirada.

– Quando ela voltou, segundo soubemos, o senhor estava conversando com a sra. Hillingdon.

– Sim. Praticamente todos os demais já tinham ido dormir.

– Qual foi o tema da sua conversa com a sra. Hillingdon?

– Nada em particular. Por quê? O que foi que ela andou dizendo?

– Por enquanto não disse nada. Não lhe perguntamos.

– E estávamos conversando sobre amenidades. Molly, a administração do hotel, uma coisa ou outra.

– E então a sua esposa subiu os degraus do terraço e lhes contou o que acontecera?

– Sim.

– Havia sangue nas mãos dela?

– É claro que havia! Ela tinha se debruçado em cima da jovem, tentou levantá-la, não conseguia entender o que acontecera, qual era o problema com ela. É claro que havia sangue nas mãos dela! Ora essa, que raios o senhor está insinuando? *Está* insinuando alguma coisa?

– Queira se acalmar, por favor – Daventry falou.

– É tudo muito extenuante para vocês, Tim, eu sei, mas precisamos esclarecer os fatos. Eu soube que a sua esposa não anda se sentindo muito bem nos últimos tempos...

– Bobagem... ela está ótima. A morte do major Palgrave a perturbou um pouco. É natural. Ela é uma jovem sensível.

– Teremos de lhe fazer algumas perguntas tão logo ela esteja em mínimas condições – disse Weston.

– Bem, agora vocês não podem. O médico lhe deu um sedativo e falou que ela não deveria ser incomodada. Não vou admitir que a perturbem e intimidem, estão ouvindo?

– Não vamos intimidar ninguém – Weston retrucou. – Só precisamos esclarecer os fatos. Não vamos incomodá-la de momento, mas, assim que o médico nos der permissão, teremos de falar com ela.

Sua voz era suave – inflexível.

Tim olhou para ele, abriu a boca, mas não disse nada.

## II

Evelyn Hillingdon, calma e serena como de costume, sentou-se na cadeira indicada. Sem pressa, considerou as poucas perguntas que lhe fizeram. Seus olhos escuros e inteligentes contemplaram Weston pensativamente.

– Sim – ela falou –, eu estava conversando com o sr. Kendal no terraço quando a esposa dele subiu os degraus e nos contou sobre o assassinato.

– O seu marido não estava lá?

– Não, ele já estava na cama.

– A senhora tinha algum motivo em especial para estar conversando com o sr. Kendal?

Evelyn ergueu suas sobrancelhas elegantemente delineadas a lápis. Tratava-se sem dúvida de uma reprimenda. Falou com frieza:

– Que pergunta estranha. Não, não havia nada de especial na nossa conversa.

– Vocês discutiram o assunto da saúde da esposa dele?

Mais uma vez, Evelyn ponderou sem pressa.

– Eu realmente não consigo me lembrar – falou afinal.

– Tem certeza disso?

– Certeza de que não consigo me lembrar? Que maneira curiosa de colocar a questão... A gente fala sobre tantas coisas em diferentes momentos...

– A sra. Kendal não anda bem de saúde nos últimos tempos, segundo eu soube.

– Ela parecia estar ótima... um pouco cansada, talvez. É claro, administrar um lugar como este implica um monte de preocupações, e ela é bem inexperiente. É natural que ela fique azafamada de vez em quando.

– Azafamada – Weston repetiu a palavra. – É assim que a senhora descreveria o estado dela?

– Talvez seja uma palavra antiquada, mas serve tão bem quanto esse jargão moderno que usamos para tudo. Um "vírus infeccioso" para um ataque bilioso; uma "ansiedade neurótica" para os incômodos menores da vida cotidiana.

Seu sorriso fez com que Weston se sentisse ligeiramente ridículo. Ele pensou consigo que Evelyn Hillingdon era uma mulher astuta. Olhou para Daventry, cujo rosto permanecia impassível, e tentou imaginar o que ele estava pensando.

– Obrigado, sra. Hillingdon – disse Weston.

## III

– Não queremos preocupá-la, sra. Kendal, mas precisamos ouvir o seu relato de como exatamente a senhora veio a encontrar essa moça. O dr. Graham afirma que a senhora está suficientemente recuperada para falar a respeito agora.

– Sim, claro – disse Molly. – Estou realmente ótima de novo.

Ela lhes exibiu um sorriso tímido e nervoso.

– Foi só o choque. *Foi* uma coisa pavorosa...

– Sim, de fato deve ter sido. Eu soube que a senhora saiu para uma caminhada depois do jantar.

– Sim. Com frequência eu faço isso.

Seus olhos se moviam sem parar, Daventry notou, e os dedos de suas mãos se torciam e destorciam.

– A que horas teria saído, sra. Kendal? – Weston perguntou.

– Bem, não sei ao certo... não nos guiamos muito pelo relógio.

– A banda de tambores ainda estava tocando?

– Estava. É o que eu acho, pelo menos. Não consigo lembrar ao certo.

– E a senhora caminhou por onde?

– Ah, pela trilha da praia.

– À esquerda ou à direita?

– Ah, primeiro num sentido, depois no outro. Eu... não cheguei a prestar atenção.

– Por que não prestou atenção, sra. Kendal?

Ela franziu o cenho.

– Acho que eu estava... bem... pensando em certas coisas.

– Pensando em algo específico?

– Não. Não. Nada de específico. Só em coisas que precisavam ser feitas... conferidas... no hotel.

De novo aqueles dedos nervosos que se torciam e destorciam.

– E aí eu percebi algo branco numa moita de hibisco e me perguntei o que seria. Parei e... e puxei... – ela engoliu em seco, convulsivamente. – E era ela... Victoria... toda amontoada... e tentei levantar sua cabeça e fiquei com... sangue... nas minhas mãos.

Molly olhou para eles e repetiu, mergulhada em reflexão, como que se recordando de algo impossível:

– Sangue... nas minhas mãos.

– Sim. Sim. Uma experiência tenebrosa. A senhora não precisa nos contar mais sobre essa parte. Na sua estimativa, estava caminhando há quanto tempo quando a encontrou?

– Não sei. Não faço a menor ideia.

– Uma hora? Meia hora? Ou mais do que uma hora?

– Não sei – Molly repetiu.

Daventry perguntou com voz calma e indiferente:

– A senhora levou uma faca consigo em sua caminhada?

– Uma faca? – Molly parecia surpresa. – Por qual motivo eu levaria uma faca?

– Só faço essa pergunta porque um dos empregados da cozinha mencionou que a senhora tinha uma faca na mão quando saiu da cozinha para o jardim.

Molly franziu o cenho.

– Mas eu não saí da cozinha... ah, o senhor quer dizer mais cedo... antes do jantar. Eu... eu *acho* que não.

– A senhora podia ter estado reposicionando os talheres nas mesas.

– Preciso fazer isso às vezes. Eles dispõem errado as coisas, facas a menos ou a mais. A quantidade errada de garfos e colheres, esse tipo de coisa.

– E isso aconteceu nessa noite específica?

– Pode ter acontecido... algo assim... É automático, na verdade. Você nem pensa, ou não lembra...

– Então a senhora pode ter saído da cozinha nessa noite carregando uma faca na mão?

– Creio que não... tenho certeza de que não.

Ela acrescentou:

– Tim estava lá... ele deve saber. Perguntem a ele.

– A senhora gostava dessa moça, Victoria? Ela fazia bem seu trabalho? – Weston perguntou.

– Sim... ela era uma jovem muito querida.

– A senhora não teve nenhum desentendimento com ela?

– Desentendimento? Não.

– Ela nunca ameaçou a senhora... de algum modo?

– Me ameaçou? Como assim?

– Não importa. A senhora não faz ideia de quem poderia ter matado Victoria? Nenhuma ideia em absoluto?

– Nenhuma.

Ela falava com segurança.

– Bem, obrigado, sra. Kendal – e ele sorriu. – Não foi tão terrível assim, foi?

– Isso é tudo?

– Isso é tudo por enquanto.

Daventry levantou-se, abriu a porta e a observou enquanto ela saía.

– "Tim deve saber" – ele citou ao retornar para sua cadeira. – E Tim garante que ela *não tinha* uma faca.

Weston falou em tom grave:

– Acho que isso é algo que qualquer marido se sentiria no dever de dizer.

– Uma faca de mesa parece ser uma péssima opção para quem quer cometer um assassinato.

– Mas era uma faca *de carne*, sr. Daventry. Havia bifes no cardápio nessa noite. Facas de carne estão sempre afiadas.

– Realmente não me entra na cabeça que a jovem com quem acabamos de conversar possa ser uma assassina apanhada em flagrante, Weston.

– Não é necessário acreditar nisso ainda. Pode ser que a sra. Kendal tenha saído para o jardim antes do jantar, agarrando uma faca que havia tirado de uma das mesas porque estava sobrando... talvez nem tenha se dado conta de que estava segurando a faca e pode tê-la colocado em algum lugar... ou pode tê-la deixado cair. A faca pode ter sido encontrada e usada por outra pessoa. Eu também a considero uma assassina improvável.

– Mesmo assim – Daventry falou pensativo –, tenho quase certeza de que ela não está contando tudo o que sabe. Sua imprecisão quanto ao horário é esquisita... Onde ela estava? O que estava fazendo lá fora? Ninguém, até aqui, parece ter notado a presença dela no salão de jantar naquela noite.

– O marido estava em volta como de costume, mas a esposa não...

– Você acha que ela foi ao encontro de alguém? Victoria Johnson?

– Talvez... ou talvez ela viu quem quer que de fato tenha ido ao encontro de Victoria.

– Você está pensando em Gregory Dyson?

– Sabemos que ele conversou com Victoria um tempo antes. Ele pode ter combinado de voltar a encontrá-la mais tarde. Tenha em mente que todos estavam se deslocando livremente pelo terraço... dançando, bebendo... indo ao bar e voltando.

– Não há melhor álibi do que uma banda de tambores – Daventry falou com ironia.

## Capítulo 16

# Miss Marple procura auxílio

Se alguém estivesse ali para observar a idosa de aspecto bonachão parada pensativamente no alpendre de seu bangalô, teria imaginado que ela não tinha em sua mente nada mais do que a deliberação de como ocupar seu tempo naquele dia. Uma expedição, talvez, para Castle Cliff; uma visita a Jamestown; um agradável passeio de carro e um almoço em Pelican Point; ou apenas uma manhã tranquila na praia...

Porém, a idosa bonachona deliberava sobre assuntos completamente diferentes – seu estado de espírito era militante.

"*Algo precisa ser feito*", Miss Marple disse consigo.

Além disso, estava convencida de que não havia tempo a perder. A questão era urgente.

Mas quem, ali, ela conseguiria convencer desse fato? Com o tempo, pensava, ela mesma conseguiria encontrar a verdade.

Descobrira um bocado. Contudo, não o bastante – nem de longe o bastante. E o tempo era curto.

Constatou, com amargura, que ali, naquela ilha paradisíaca, ela não contava com nenhum de seus aliados habituais.

Pensou, pesarosa, em seus amigos na Inglaterra: sir Henry Clithering, sempre disposto a ouvir com indulgência; seu afilhado Dermot, que, apesar de sua posição cada vez mais prestigiosa na Scotland Yard, ainda se mostrava pronto a crer que, quando Miss Marple expressava uma opinião, geralmente havia nela um fundo de razão.

Mas será que aquele policial nativo de voz suave daria qualquer atenção ao rogo de uma idosa? O dr. Graham? Mas o dr. Graham não era o que ela precisava – gentil e hesitante demais, certamente ele não era um homem de decisões velozes e ações rápidas.

Miss Marple, sentindo-se quase uma humilde representante do Todo-Poderoso, por pouco não exclamou sua necessidade em um fraseado bíblico.

*Quem irá por mim?*

*Quem haverei de enviar?*

O som que lhe chegou aos ouvidos um instante depois não foi instantaneamente reconhecido por ela como a resposta para uma oração – bem longe disso. No fundo de sua mente, interpretou aquilo como um homem que possivelmente chamava seu cachorro.

– Ei!

Miss Marple, mergulhada em perplexidade, não deu atenção.

– Ei!

O volume então aumentou, e Miss Marple lançou um vago olhar em volta.

– Ei! – gritou com impaciência o sr. Rafiel.

Ele acrescentou:

– Você aí...

A princípio Miss Marple não se dera conta de que o "Ei você" do sr. Rafiel era dirigido a ela. Não se tratava de um método que alguém jamais tivesse usado antes para chamá-la. Certamente não era um tratamento cavalheiresco. Miss Marple não ficou ressentida, porque as pessoas raras vezes chegavam a ficar ressentidas com os métodos um tanto arbitrários do sr. Rafiel. Ele era uma lei personificada, e as pessoas o aceitavam como tal. Miss Marple lançou seu olhar além do espaço intermediário entre os dois bangalôs. O sr. Rafiel estava sentado em seu alpendre e a chamava com um gesto do braço.

– O senhor estava me chamando? – ela perguntou.

– É claro que eu estava chamando você – retrucou o sr. Rafiel. – Quem mais eu poderia estar chamando? Um gato? Venha para cá.

Miss Marple procurou em volta sua bolsa, apanhou-a e atravessou o espaço intermediário.

– Não posso ir ao seu encontro a não ser que alguém me ajude – explicou o sr. Rafiel –, então você precisa vir até mim.

– Ah, claro – disse Miss Marple –, *isso* eu entendo perfeitamente.

O sr. Rafiel apontou uma cadeira ao lado.

– Sente-se – ele disse –, quero conversar com você. Algo muito estranho está acontecendo nesta ilha.

– Sim, sem dúvida – Miss Marple concordou, ocupando a cadeira indicada.

Por puro hábito, tirou da bolsa seu tricô.

– Não comece a tricotar de novo – disse o sr. Rafiel. – Não suporto. Odeio mulheres tricotando. Isso me irrita.

Miss Marple voltou a guardar o tricô na bolsa. Fez isso com um ar nem um pouco forçado de mansidão – com o ar, inclusive, de quem faz uma condescendência a um paciente rabugento.

– Tem um monte de mexerico circulando – disse o sr. Rafiel –, e eu aposto que você está na linha de frente. Você e o pároco e a irmã dele.

– Talvez seja simplesmente natural que ocorram mexericos – Miss Marple falou com espirituosidade –, dadas as circunstâncias.

– Essa garota da ilha aparece esfaqueada. Encontrada nos arbustos. *Poderia* ser a coisa mais comum do mundo. O camarada com quem ela morava poderia ter ficado com ciúme de outro homem... ou ele arranjou para si uma outra garota e ela ficou com ciúme e os dois tiveram uma briga. Sexo nos trópicos. Esse tipo de coisa. O que você me diz?

– Não – Miss Marple falou, balançando a cabeça.

– As autoridades também não acreditam nisso.

– Elas diriam mais ao senhor – Miss Marple salientou – do que diriam a mim.

– Mesmo assim, aposto que você sabe mais desse assunto do que eu. Você ouviu o falatório.

– Certamente eu ouvi – Miss Marple retrucou.

– Você não deve ter grande coisa para fazer além de ouvir o falatório, não é mesmo?

– O falatório é muitas vezes informativo e útil.

– Veja só – disse o sr. Rafiel, examinando-a com atenção –, eu estava enganado em relação a você. Não costumo me enganar em relação às pessoas. Você é muito mais do que eu havia pensado. Todos esses rumores sobre o major Palgrave e as histórias que ele contava... Você acha que ele foi apagado, não acha?

– Receio muitíssimo que tenha sido – Miss Marple respondeu.

– Bem, ele foi – disse o sr. Rafiel.

Miss Marple respirou fundo.

– Isso é certo, é? – ela perguntou.

– Sim, é certo o bastante. Eu soube através de Daventry. Não estou cometendo uma inconfidência porque os fatos da autópsia terão de vir à tona. Você contou algo para Graham, ele procurou Daventry, Daventry procurou o administrador, o departamento de investigação criminal foi informado e o pessoal concordou que o negócio era suspeito, de modo que desenterraram o velho Palgrave para dar uma olhada.

– E descobriram... – Miss Marple fez uma pausa interrogativa.

– Descobriram que ele tinha tomado uma dose letal de algo que só um médico saberia pronunciar direito. Até onde consigo lembrar, soa vagamente como diflorexagonaletilcarbenzol. Não é o nome certo, mas, grosso modo, é assim que a palavra *soa*. O médico da polícia usou esse termo de modo que ninguém tomasse conhecimento, eu suponho, do que realmente *era*. O negócio tinha provavelmente um nome bem simples e fácil como Evipan ou Veronal ou Xarope Easton ou algo desse tipo. O nome oficial é para confundir os leigos. De qualquer forma, uma dose considerável, eu suponho, causaria morte, e os sinais seriam bem parecidos com os de pressão alta agravada pelo exagero com o álcool numa noite alegre. Na verdade, tudo pareceu perfeitamente natural e ninguém questionou essa hipótese sequer por um momento. Só disseram "pobre velhinho" e o enterraram sem perda de tempo. Agora já estão questionando até se ele tinha pressão alta mesmo. Em algum momento ele disse a você que tinha?

– Não.

– Pois é! E, no entanto, todo mundo parece ter tomado isso como um fato.

– Aparentemente, ele contava às pessoas que tinha.

– É como ver fantasmas – disse o sr. Rafiel. – Você nunca encontra o camarada que viu pessoalmente o fantasma. É sempre o primo em segundo grau da tia dele, ou um amigo, ou um amigo de um amigo. Mas deixemos isso de lado por um momento. Pensaram que ele tinha pressão alta porque um frasco de comprimidos para controlar pressão arterial havia sido encontrado em seu quarto, mas... e agora estamos chegando ao ponto... eu soube que essa garota que foi morta saiu por aí dizendo que o tal frasco foi colocado ali por outra pessoa e que o frasco *na verdade* pertencia àquele sujeito chamado Greg.

– O sr. Dyson *sofre* de pressão alta. Sua esposa mencionou isso – disse Miss Marple.

– Então o frasco foi colocado no quarto de Palgrave para sugerir que ele sofria de hipertensão arterial e fazer com que sua morte parecesse natural.

– Exato – falou Miss Marple. – E fizeram circular, com muita astúcia, que ele mencionara repetidas vezes às pessoas que tinha pressão alta. Mas, veja bem, é muito fácil fazer circular uma história. Muito fácil. Vi muito disso no meu tempo.

– Aposto que viu – disse o sr. Rafiel.

– Você só precisa de um burburinho aqui e ali – Miss Marple continuou. – Você não fala por conhecimento próprio, apenas afirma que a sra. B. lhe contou que o coronel C. contara para ela. É sempre de segunda mão ou terceira mão ou quarta mão, e é muito difícil descobrir quem foi o cochichador original. Dá para fazer, sem dúvida. E as pessoas para quem você fala tratam de repetir para outros como se soubessem por conhecimento próprio.

– Alguém agiu com astúcia – o sr. Rafiel comentou de modo pensativo.

– Sim – disse Miss Marple –, acho que alguém agiu com bastante astúcia.

– Essa jovem viu alguma coisa, ou soube de alguma coisa, e arriscou uma chantagem, eu suponho – disse o sr. Rafiel.

– Ela pode não ter considerado como uma chantagem – falou Miss Marple. – Nesses hotéis grandes, é comum as camareiras saberem coisas que certas pessoas prefeririam manter irreveladas. E assim elas dão uma gorjeta mais alta ou um pequeno presente em dinheiro. A jovem possivelmente não se deu conta, a princípio, da importância do que sabia.

– Mesmo assim, não deixou de levar uma facada nas costas – comentou brutalmente o sr. Rafiel.

– Sim. Evidentemente, alguém não podia se dar ao luxo de permitir que ela falasse.

– Pois bem... Vejamos o que você pensa sobre o caso todo.

Miss Marple olhou para ele pensativamente.

– Por que imagina que eu possa saber mais do que o senhor?

– Provavelmente você não sabe – disse o sr. Rafiel –, mas estou interessado em ouvir suas ideias sobre o que de fato.

– Mas por quê?

– Não há grande coisa para fazer por aqui – disse o sr. Rafiel –, exceto ganhar dinheiro.

Miss Marple exibiu uma expressão ligeiramente surpresa.

– Ganhar dinheiro? Aqui?

– Você pode mandar meia dúzia de telegramas em código todos os dias, se quiser – retrucou o sr. Rafiel. – É assim que eu me divirto.

– Ofertas de aquisição? – Miss Marple perguntou com certa dúvida, no tom de alguém que fala uma língua estrangeira.

– Esse tipo de coisa – concordou o sr. Rafiel. – Disputar batalhas de sagacidade com outras pessoas. O problema é que isso não ocupa meu tempo o bastante, de modo que fiquei interessado por esse negócio. Despertou a minha curiosidade. Palgrave passava uma boa parte de seu tempo conversando com você. Ninguém além de você aguentava o major, imagino. O que é que ele dizia?

– Ele me contava inúmeras histórias – Miss Marple respondeu.

– Eu sei que ele contava. Chatas até não poder mais, quase todas. E você não as ouvia uma vez só. Se você aparecesse em qualquer lugar ao alcance dele, você as ouvia pela terceira ou quarta vez.

– É verdade – disse Miss Marple. – Receio que isso de fato aconteça quando cavalheiros ficam velhos.

O sr. Rafiel olhou para ela com muita rispidez.

– Eu não conto histórias – falou. – Prossiga. Tudo começou com uma das histórias de Palgrave, foi isso?

– Ele disse que conhecia um assassino – retrucou Miss Marple. – Não há nada de realmente especial nisso – acrescentou com sua voz suave –, porque isso acontece, penso eu, com quase todo mundo.

– Não estou entendendo – disse o sr. Rafiel.

– Não quero dizer especificamente – falou Miss Marple –, mas, sem dúvida, sr. Rafiel, se o senhor arrolar em sua mente recordações de diversos acontecimentos de sua vida, por acaso não houve quase sempre uma ocasião na qual alguém fez certa referência despreocupada tal como "Ah, claro, eu conhecia Fulano de Tal bastante bem... ele morreu de maneira muito repentina e sempre dizem que a esposa foi quem acabou com ele, mas ouso dizer que é só conversa fiada"? O senhor já ouviu pessoas dizendo coisas assim, não ouviu?

– Bem, acho que sim... sim, algo desse tipo. Mas não... bem, não a sério.

– Exato – disse Miss Marple –, mas o major Palgrave era um homem muito sério. Acho que gostava de contar essa história. Falou que tinha um retrato do assassino. Ia mostrá-lo para mim, mas... no fim... não mostrou.

– Por quê?

– Porque viu alguma coisa – Miss Marple disse. – Viu alguém, eu suspeito. Seu rosto ficou muito vermelho, e ele enfiou a foto de volta na carteira e começou a falar de outro assunto.

– Quem ele viu?

– Já pensei nisso um bocado – Miss Marple retrucou. – Eu estava sentada na frente do meu bangalô, e ele estava sentado praticamente diante de mim e... seja lá o que viu, ele o viu por cima do meu ombro direito.

– Alguém vindo pela trilha naquele momento, por trás de você à direita, a trilha que vem do riacho e do estacionamento...

– Isso.

– Alguém *estava* vindo pela trilha?

– O sr. e a sra. Dyson e o coronel e a sra. Hillingdon.

– Mais alguém?

– Não que eu consiga descobrir. O seu bangalô, é claro, também estaria nessa linha de visão...

– Ah. Então podemos incluir... digamos... Esther Walters e o meu camarada, Jackson. Estou certo? Qualquer um deles, suponho, *poderia* ter saído do bangalô e voltado a entrar sem que você visse.

– É possível – Miss Marple concordou. – Eu não virei a cabeça de imediato.

– Os Dyson, os Hillingdon, Esther, Jackson. Um deles é um assassino. Ou, é claro, eu mesmo – ele acrescentou, obviamente numa constatação tardia.

Miss Marple sorriu de leve.

– E ele se referiu ao assassino como um *homem*?

– Sim.

– Certo. Isso deixa de fora Evelyn Hillingdon, Lucky e Esther Walters. De modo que o nosso assassino, se admitirmos todo esse disparate forçado como verdade, o nosso assassino é Dyson, Hillingdon ou o meu Jackson de fala mansa.

– Ou o senhor – disse Miss Marple.

O sr. Rafiel ignorou a última possibilidade.

– Não diga isso só para me irritar – ele falou. – Vou lhe contar qual é a primeira coisa que me vem à cabeça e que aparentemente não ocorreu a você. *Se* for um desses três, por que diabos o velho Palgrave não o reconheceu antes? Ora bolas, ficaram todos sentados por aí, olhando uns para os outros, durante as últimas duas semanas. Isso não me parece fazer sentido.

– Poderia fazer – afirmou Miss Marple.

– Bem, queira me dizer como.

– Veja bem, na história do major Palgrave *ele mesmo* não vira esse homem em nenhum momento. Era uma história que um médico lhe contara. O médico lhe deu o retrato como curiosidade. O major Palgrave pode ter olhado essa foto bem de perto na ocasião, mas depois disso apenas a enfiou na carteira e a guardou como suvenir. Talvez ele a tirasse ocasionalmente com o propósito de mostrá-la para alguém a quem estivesse contando a história. E outra coisa, sr. Rafiel: não sabemos há quanto tempo isso aconteceu. Ele não me deu o menor indício disso quando contou a história. Quero dizer, essa pode ter sido uma história que ele vinha contando às pessoas por *anos*. Cinco anos. Dez anos. Talvez por mais tempo ainda. Algumas de suas histórias de tigres remontam a cerca de vinte anos atrás.

– É verdade! – disse o sr. Rafiel.

– Então não suponho sequer por um momento que o major Palgrave fosse reconhecer o rosto do retrato caso topasse com o homem ao acaso. O que acho que aconteceu, o que tenho quase certeza de que *deve* ter acontecido, é que, enquanto contava sua história, revirou a carteira para pegar a foto, tirou-a, olhou-a, examinando aquele rosto, e então levantou a cabeça para ver *o mesmo rosto*, ou um rosto com grande semelhança, vindo ao encontro dele a uma distância de três ou quatro metros.

– Sim – disse o sr. Rafiel, ponderando –, sim, isso é possível.

– Ele ficou desconcertado – Miss Marple continuou – e enfiou a foto de volta na carteira e começou a falar de outra coisa em voz alta.

– Ele não poderia ter tido certeza – comentou com perspicácia o sr. Rafiel.

– Não – Miss Marple falou –, não poderia ter tido certeza. Mas depois, é claro, teria examinado a foto com muito cuidado e teria observado aquele homem e tentado decidir se era só uma semelhança ou se poderia ser de fato a mesma pessoa.

O sr. Rafiel refletiu por alguns instantes e então sacudiu a cabeça.

– Tem algo de errado nisso. O motivo é inadequado. Absolutamente inadequado. Ele estava falando com você em voz alta, não é?

– Sim – disse Miss Marple –, em voz bem alta. Era sempre assim.

– É bem verdade. Sim, ele gritava mesmo. Sendo assim, quem quer que estivesse se aproximando escutaria o que ele dizia?

– Eu diria que você conseguiria ouvi-lo num bom raio em volta.

O sr. Rafiel sacudiu a cabeça de novo. Falou:

– É fantástico, fantástico demais. Qualquer um riria de uma história dessas. Eis ali um velho pateta contando uma história sobre outra história que alguém lhe contou, e exibindo um retrato, e tudo centrando-se num assassinato que acontecera anos atrás! Ou, de todo modo, um ou dois anos atrás. De que maneira *isso* pode preocupar o homem em questão? Nenhuma prova, só um fiapo de rumor, uma história de terceira mão. Ele poderia inclusive admitir uma semelhança, poderia dizer: "Sim, eu me pareço *mesmo* com esse sujeito, não pareço? Ha, ha!". Ninguém iria levar a sério a identificação do velho

Palgrave. Não me diga que alguém iria, porque eu não vou acreditar. Não, o camarada, se *era* o camarada, não tinha nada a temer... nada em absoluto. É o tipo de acusação que ele pode simplesmente levar na brincadeira. Por que raios ele optaria por assassinar o velho Palgrave? É absolutamente desnecessário. Você decerto enxerga isso.

– Ah, eu enxergo isso – disse Miss Marple. – Estou inteiramente de acordo com o senhor. Isso é o que me deixa inquieta. Tão inquieta que eu nem mesmo consegui dormir ontem à noite.

O sr. Rafiel encarou-a.

– Vejamos o que você tem em mente – falou com calma.

– Posso estar totalmente enganada – Miss Marple retrucou, hesitante.

– Provavelmente está – falou o sr. Rafiel, com sua costumeira falta de cortesia –, mas, de qualquer forma, vejamos o que você elaborou na madrugada.

– Poderia existir um motivo bastante forte se...

– Se o quê?

– Se estivesse prestes a ocorrer... muito em breve... *outro assassinato.*

O sr. Rafiel encarou-a. Tentou ficar um pouco mais ereto em sua cadeira.

– Esclareça melhor – pediu.

– Sou péssima em explicar...

Miss Marple falava com rapidez, sem muita coerência. Um rubor rosado aflorou em suas bochechas.

– Vamos supor que houvesse um assassinato planejado. Lembre-se: a história que o major Palgrave me contou envolvia um homem cuja esposa morria em circunstâncias suspeitas. Depois, passado certo tempo, houve outro assassinato exatamente sob as mesmas circunstâncias. Um homem de nome diferente tinha uma esposa que morreu exatamente da mesma maneira, e o médico que contou a história o reconhecera como o mesmo homem, embora tivesse trocado de nome. Bem, fica parecendo que esse assassino poderia ser o tipo de assassino que se habituou à coisa, não é mesmo?

– Você quer dizer um assassino como Smith, "Noivas na Banheira", esse tipo de coisa. Sim.

– Até onde consigo compreender – Miss Marple falou –, e a partir de tudo que ouvi e li, um homem que comete uma perversidade como essa e se safa na primeira vez se sente, infelizmente, *encorajado.* Ele pensa que é fácil, ele se considera esperto. E assim repete o ato. E no fim, como diz o senhor, a exemplo de Smith e das noivas na banheira, o crime se torna um *hábito.* A cada vez num lugar diferente, e a cada vez o homem troca de nome. Mas os crimes em si são todos bastante parecidos. Então me parece, embora eu possa estar totalmente enganada...

– Mas você não acha que está enganada, certo? – o sr. Rafiel interveio com perspicácia.

Miss Marple prosseguiu sem responder:

– ...que se *fosse* esse o caso e se esse... essa pessoa tivesse alinhado todos os preparativos para um assassinato aqui, para dar cabo de *outra* esposa, digamos, e, se esse for o crime três ou quatro, pois bem, então a história do major *teria* importância, porque o assassino não poderia se permitir que qualquer semelhança fosse apontada. Lembre-se: Smith foi apanhado exatamente assim. As circunstâncias de um crime atraíram a atenção de alguém que o comparou com um recorte de jornal sobre outro caso. Então, é claro, o senhor por certo percebe que, se essa pessoa perversa tem um crime planejado, arranjado, e prestes a ocorrer, ela não poderia se permitir deixar que o major Palgrave saísse por aí contando essa história e mostrando esse retrato.

Ela parou e lançou um olhar de súplica para o sr. Rafiel.

– O senhor percebe, portanto, que ele precisava fazer algo muito rápido, o mais rápido possível.

O sr. Rafiel falou:

– Na verdade, naquela mesma noite, hein?

– Sim – disse Miss Marple.

– Um trabalho rápido – comentou o sr. Rafiel –, mas dava para fazer. Coloque os comprimidos no quarto do velho Palgrave, espalhe o boato da pressão alta e despeje um pouco da nossa medicação de catorze sílabas num Planters Punch. É isso?

– Sim... Mas isso está acabado... Não precisamos nos preocupar com isso. É o *futuro*. O agora. Com o major Palgrave fora do caminho e o retrato destruído, *esse homem vai dar prosseguimento ao assassinato planejado.*

O sr. Rafiel assobiou.

– Você destrinchou tudo, não é mesmo?

Miss Marple assentiu com a cabeça. Ela falou com uma voz extraordinária, firme e quase ditatorial:

– E nós precisamos interromper esse plano. *O senhor* precisa interrompê-lo, sr. Rafiel.

– Eu? – retrucou o sr. Rafiel, atônito. – Por que eu?

– Porque o senhor é rico e influente – Miss Marple respondeu com simplicidade. – As pessoas vão prestar atenção no que o senhor disser ou sugerir. Não vão me ouvir sequer por um segundo. Diriam que eu sou uma velhinha imaginando coisas.

– Até poderiam – disse o sr. Rafiel. – Tão mais tolos serão se fizerem isso. No entanto, preciso registrar que ninguém, ouvindo a sua típica linha de conversação, acharia que você tem qualquer capacidade de raciocínio. Na verdade, você tem uma mente lógica. Pouquíssimas mulheres têm.

Com desconforto, ele trocou de posição em sua cadeira.

– Onde diabos está Esther ou Jackson? – perguntou. – Preciso ser reacomodado. Não, não adianta você tentar. Você não é forte o bastante. Não sei o que querem, me deixando sozinho desse jeito.

– Vou tentar encontrá-los.

– Não, não vai. Você vai ficar aqui... e ponderar todos os mínimos detalhes. Qual deles é o homem? O egrégio Greg? O quieto Edward Hillingdon ou o meu camarada Jackson? Só pode ser um dos três, não?

## Capítulo 17

# O sr. Rafiel assume o comando

– Eu não sei – disse Miss Marple.

– Como assim? E tudo isso que estivemos discutindo nos últimos vinte minutos?

– Ocorreu-me que posso ter me equivocado.

O sr. Rafiel encarou-a.

– Maluca, no fim das contas! – comentou com desgosto. – E você soava tão segura de si...

– Ah, eu me sinto segura... em relação ao *assassinato*. É em relação ao *assassino* que não me sinto segura. Perceba, constatei que o major Palgrave tinha mais do que uma história de assassinato... o senhor mesmo me disse que ele lhe contou uma sobre uma espécie de Lucrécia Bórgia...

– Ele contou mesmo. Mas aquela era uma história de um tipo bem diferente.

– Eu sei. E a sra. Walters afirmou que ele tinha uma sobre alguém sendo asfixiado num forno a gás...

– Mas a história que ele lhe contou...

Miss Marple se permitiu interrompê-lo – uma coisa que não acontecia frequentemente com o sr. Rafiel.

Ela falou com um fervor desesperado e uma incoerência apenas moderada:

– O senhor não percebe? É tão difícil ter *certeza*... A questão toda é essa: com tanta frequência... a pessoa não *ouve*. Pergunte à sra. Walters. Ela disse a mesma coisa. Num primeiro momento você ouve; depois sua atenção se afrouxa, sua mente vagueia, e de súbito você constata que perdeu uma parte. Eu só me pergunto se pode ter existido uma lacuna... uma lacuna muito pequena... entre a história que ele estava me contando... sobre um *homem*... e o momento em que estava tirando a carteira e dizendo: "Gostaria de ver o retrato de um assassino?".

– Mas você achou que era um retrato do homem sobre o qual ele estivera falando...

– Achei, sim. Nunca me ocorreu que poderia não ter sido. Mas agora... como posso ter *certeza*?

O sr. Rafiel olhou para ela com uma expressão muito pensativa.

– O problema com você – disse ele – é que você é muito conscienciosa. Grande erro. Decida-se, saia de cima do muro. Opte por um lado de uma vez. Se quer saber, em toda essa conversa fiada que andou tendo com a irmã do pároco e os demais, você absorveu algo que a perturbou.

– Talvez o senhor tenha razão.

– Bem, deixemos isso de lado por enquanto. Fiquemos com o que você tinha no começo. Porque, em nove de cada dez vezes, o julgamento original da pessoa se mostra certo... ou é o que eu sempre constatei. Nós temos três suspeitos. Vamos colocar os três na luz para dar uma olhada neles. Alguma preferência?

– Nenhuma, na verdade – disse Miss Marple. – Os três parecem tão absolutamente improváveis...

– Peguemos Greg primeiro – falou o sr. Rafiel. – Não suporto esse sujeito. Isso, porém, não faz dele um assassino. Mesmo assim, *existem* pontos contra ele. Aqueles comprimidos para hipertensão arterial pertenciam a ele. Uma beleza de tão útil, bem a calhar.

– Isso seria um pouco óbvio, não seria? – Miss Marple objetou.

– Não sei se seria – disse o sr. Rafiel. – Afinal de contas, o principal era fazer algo *rápido*, e ele tinha os comprimidos. Não tinha muito tempo para sair por aí procurando comprimidos que outra pessoa pudesse ter. Digamos que seja Greg. Certo. Se *ele* quisesse tirar do caminho sua querida esposa Lucky (um serviço até louvável, eu diria; na verdade, simpatizo com ele), não consigo efetivamente enxergar um motivo. Por tudo o que se sabe, ele é rico. Herdou uma bolada de sua primeira esposa, que nadava em dinheiro. Ele se qualifica nesse aspecto, é claro, como possível assassino de esposa. Mas isso já era. Ele se safou. Mas Lucky era uma parente pobre de sua primeira esposa. Não há dinheiro ali; de modo que, se ele quer tirar *Lucky* do caminho, só pode ser no intuito de se casar com outra. Alguma fofoca circulando sobre isso?

Miss Marple sacudiu a cabeça.

– Não que eu tenha escutado. Ele... hã... tem modos muito galantes com *todas* as damas.

– Bem, esse é um jeito bonito e antiquado de passar a ideia – retrucou o sr. Rafiel. – Certo, ele é um galinha. Canta todas as mulheres. Não é o suficiente! Precisamos de mais do que isso. Passemos para Edward Hillingdon. Esse é um azarão como nunca se viu.

– Ele não é, creio eu, um homem feliz – propôs Miss Marple.

O sr. Rafiel olhou para ela pensativamente.

– Você acha que um assassino deveria ser um homem feliz?

Miss Marple tossiu.

– Bem, eles geralmente são, pela minha experiência.

– Não suponho que a sua experiência seja muito profunda – disse o sr. Rafiel.

Nessa suposição, como Miss Marple poderia ter replicado, o sr. Rafiel estava errado. Mas ela se absteve de contestar sua declaração. Homens distintos, ela sabia, não gostavam de ser corrigidos em suas asseverações.

– Eu, pessoalmente, até gosto de Hillingdon – o cavalheiro falou. – Tenho a impressão de que algo meio esquisito está se passando entre ele e a esposa. Você chegou a perceber isso?

– Claro – Miss Marple respondeu –, percebi. Eles têm um comportamento perfeito em público, sem dúvida, mas isso seria de se esperar.

– Você provavelmente conhece melhor do que eu esse tipo de gente – comentou o sr. Rafiel. – Pois bem, então; tudo corre na mais perfeita boa etiqueta, mas é uma probabilidade que, de uma maneira cavalheiresca, Edward Hillingdon esteja contemplando dar cabo de Evelyn Hillingdon. Você concorda?

– Se for esse o caso – disse Miss Marple –, por certo existe outra mulher.

– Mas que mulher?

Miss Marple balançou a cabeça com uma expressão insatisfeita.

– Não consigo deixar de sentir... realmente não consigo... que não é tão simples assim, nem de longe.

– Bem, quem vamos considerar a seguir? Jackson? Vamos me deixar de fora.

Miss Marple sorriu pela primeira vez.

– E por que vamos deixá-lo de fora, sr. Rafiel?

– Porque, se quiser discutir a possibilidade de eu ser um assassino, terá de fazê-lo com outra pessoa. Perda de tempo discutir isso comigo. E, de qualquer forma, eu lhe pergunto: sou talhado para o papel? Desamparado, içado da cama como um boneco, vestido, levado de um lado a outro numa cadeira de rodas, arrastado para uma caminhada. Que chance *eu* teria neste mundo de conseguir assassinar alguém?

– Provavelmente uma chance tão boa quanto a de qualquer outra pessoa – Miss Marple retrucou com vigor.

– E como você desenvolve essa ideia?

– Bem, o senhor mesmo concordaria, creio eu, que é inteligente.

– É claro que eu sou inteligente – declarou o sr. Rafiel. – Um bocado mais inteligente do que qualquer outra pessoa nesta comunidade, eu diria.

– E ter inteligência – Miss Marple continuou – lhe daria condições de superar as dificuldades físicas de ser um assassino.

– Daria um trabalho tremendo!

– Sim – falou Miss Marple –, daria um trabalho tremendo. Por outro lado, sr. Rafiel, acredito que esse trabalho lhe daria prazer.

O sr. Rafiel encarou-a por um tempo bastante longo e então, de súbito, começou a rir.

– Você tem fibra! – exclamou. – Não é exatamente a velhinha fofa e gentil que aparenta ser, hein? Então você realmente pensa que eu sou um assassino?

– Não – Miss Marple respondeu –, não penso.

– E por quê?

– Bem, na verdade, acho que é só *porque* o senhor é inteligente. Sendo inteligente, o senhor pode conseguir quase tudo o que quiser sem ter de recorrer a um assassinato. Um assassinato é uma coisa estúpida.

– E, de qualquer forma, que maldita pessoa eu iria querer assassinar?

– Essa seria uma questão muito interessante – disse Miss Marple. – Ainda não tive o prazer de conversar o bastante com o senhor para desenvolver uma teoria quanto a isso.

O sorriso do sr. Rafiel alargou-se.

– Conversas com você podem ser perigosas – ele disse.

– Conversas são sempre perigosas quando a pessoa tem algo a esconder – Miss Marple retrucou.

– Você pode estar certa. Passemos para Jackson. O que você pensa de Jackson?

– Difícil dizer. Não tive a oportunidade, realmente, de ter *qualquer* conversa com ele.

– Então você não tem nenhuma opinião nesse ponto?

– Ele me lembra um pouco – Miss Marple falou, refletindo – um jovem que trabalhava na câmara municipal perto de onde eu moro, Jonas Parry.

– E? – o sr. Rafiel perguntou e esperou.

– Ele não era – disse Miss Marple – muito satisfatório.

– Jackson não é de todo satisfatório também. Ele me serve bastante bem. O trabalho dele é de primeira categoria, e ele não se importa de ser xingado. Sabe que é muitíssimo bem remunerado e por isso tolera tudo. Eu não o empregaria numa posição de confiança, mas não preciso confiar nele. Talvez seu passado seja irrepreensível, talvez não seja. Suas referências eram boas, mas noto... como posso dizer... certa reserva. Felizmente, não sou um homem que tenha quaisquer segredos criminosos, de modo que não sou passível de chantagem.

– Nenhum segredo? – Miss Marple perguntou pensativa. – Sem dúvida, sr. Rafiel, o senhor tem segredos empresariais...

– Nenhum que possa chegar ao conhecimento de Jackson. Não. Jackson é um sujeito liso, poderíamos dizer, mas eu realmente não o vejo como um assassino. Eu diria que essa não é nem de longe sua linha de atuação.

Ele se calou por alguns instantes e então falou de repente:

– Sabe de uma coisa? Se a gente parar para dar uma boa olhada nesse negócio fantástico, o major Palgrave e suas histórias ridículas e tudo mais, a *ênfase* está totalmente errada. Eu sou a pessoa que deveria ser assassinada.

Miss Marple olhou para ele com certa surpresa.

– Questão de elenco adequado – explicou o sr. Rafiel. – Quem é a vítima nas histórias de assassinato? Homens idosos cheios de dinheiro.

– E muitas pessoas com boas razões para desejar eliminá-lo, de modo a pegar esse dinheiro – falou Miss Marple. – Isso também é verdade?

– Bem – o sr. Rafiel ponderou –, posso contar até cinco ou seis homens em Londres que não cairiam em lágrimas caso lessem meu obituário no *Times*. Mas não chegariam ao extremo de fazer alguma coisa para precipitar o meu falecimento. Afinal de contas, por que fariam isso? Eu estou para morrer a qualquer momento. Na verdade, os insetos desprezíveis estão atônitos por eu ter durado tanto tempo. Os médicos estão surpresos também.

– O senhor tem, é claro, uma grande vontade de viver – disse Miss Marple.

– Você deve achar isso estranho, eu suponho – retrucou o sr. Rafiel.

Miss Marple sacudiu a cabeça.

– Não, não – ela falou –, acho que é perfeitamente natural. A vida é mais digna de ser vivida, é bem mais interessante, quando há uma probabilidade de perdê-la. Não deveria ser, talvez, mas é. Quando você é jovem e forte e saudável, quando você tem uma longa vida pela frente, viver não é nem um pouco importante. São os jovens que cometem suicídio com facilidade, num desespero por amor, às vezes por pura ansiedade e preocupação. Mas as pessoas mais velhas sabem o quanto a vida é valiosa e interessante.

– Ha! – exclamou o sr. Rafiel, bufando. – Converse com alguns velhos encarquilhados para ver...

– Bem, o que eu disse é verdade, não é? – indagou Miss Marple.

– Claro – respondeu o sr. Rafiel –, é bem verdade. Mas você não concorda que tenho razão quando digo que eu deveria ser escalado como a vítima?

– Depende de quem tiver uma razão para se beneficiar com a sua morte – disse Miss Marple.

– Ninguém, de fato – falou o sr. Rafiel. – Excetuando-se, como eu disse, os meus competidores no mundo empresarial, os quais, como eu também disse, podem tranquilamente contar com a minha saída desse mundo daqui a não muito tempo. Não sou tão tolo a ponto de deixar um monte de dinheiro repartido entre os meus parentes. Ganhariam preciosos trocados depois que o governo tivesse abocanhado praticamente o montante todo. Não, não, eu me precavi contra tudo isso anos atrás. Dotações, fundações e tudo mais.

– Jackson, por exemplo, não se beneficiaria com a sua morte?

– Não ganharia sequer uma moeda – retrucou com jovialidade o sr. Rafiel. – Eu lhe pago um salário duas vezes maior do que qualquer outro lhe pagaria. É porque Jackson precisa tolerar o meu mau humor, e ele sabe muito bem que vai sair perdendo quando eu morrer.

– E a sra. Walters?

– O mesmo vale para Esther. Ela é uma boa garota. Secretária de primeira categoria, inteligente, bem-humorada, entende os meus hábitos, não dá nem mesmo um pio quando eu perco as estribeiras, não está nem aí se eu a insulto. Comporta-se como uma boa preceptora encarregada de uma criancinha escandalosa e turbulenta. Ela me irrita um pouco às vezes, mas quem não me irrita? Não há nada de excepcional em Esther. Ela é uma jovem bastante comum em diversos aspectos, mas eu não encontraria ninguém que me servisse melhor. Passou por vários transtornos na vida. Casou com um homem que não era grande coisa. Eu diria que ela nunca teve muito discernimento no que diz respeito aos homens. Algumas mulheres não têm. Caem no papo de qualquer um que lhes contar uma história de azar. Sempre se deixando convencer de que tudo que falta ao homem é uma verdadeira compreensão feminina; de que, uma vez casado com ela, o homem vai entrar nos trilhos e deslanchar na vida! Mas, é claro, esse tipo de homem nunca faz isso. De qualquer forma, por sorte, seu marido insatisfatório morreu; bebeu demais numa festa, certa noite, e foi parar na frente de um ônibus. Esther tinha uma filha para sustentar e retomou o trabalho de secretária. Está comigo há cinco anos. Deixei bem claro para ela, desde o começo, que ela não devia nutrir a menor esperança de ser recompensada quando da minha morte. Paguei-lhe desde o começo um salário enorme, e esse salário eu fui aumentado numa base de 25 por cento a cada ano. Por mais que as pessoas sejam decentes e honestas, você não deve jamais confiar em *ninguém*... é por isso que falei para Esther com a maior clareza que ela não devia ter nenhuma expectativa em relação à minha morte. A cada ano que eu viver ela receberá um salário maior. Se guardar a maior parte disso todos os anos... e acho que foi o que ela fez... Esther será uma mulher muito próspera quando eu por fim bater as botas. Eu me responsabilizei pela escolarização de sua filha e deixei uma soma num fundo que a menina poderá usar quando chegar à maioridade. De modo que a sra. Esther Walters encontra-se numa situação do maior conforto. A minha morte, posso garantir, implicaria um sério prejuízo financeiro para ela – o sr. Rafiel olhou com muita firmeza para Miss Marple. – Ela tem plena noção disso. Esther é muito sensata.

– Ela e Jackson se dão bem? – Miss Marple perguntou.

O sr. Rafiel encarou-a de relance.

– Percebeu algo, é? – comentou. – Sim, acho que ele anda se fazendo de sedutor, lançando suas garras na direção dela, sobretudo nos últimos tempos. Trata-se de um camarada bonitão, é claro, mas não ganhou nenhum terreno nesse lado. Para começo de conversa, há uma diferença de classe. Esther fica um pouco acima dele. Não muito. Se ela estivesse *realmente* acima dele, isso não teria importância, mas a classe média baixa... esse pessoal é muito exigente. A mãe dela era professora, e o pai, bancário. Não, ela não vai fazer papel de boba com Jackson. Arrisco dizer que ele está atrás do pé de meia da jovem, mas não vai conseguir pegá-lo.

– Fale baixo... ela está vindo! – disse Miss Marple.

Ambos olharam para Esther Walters, que se aproximava pela trilha do hotel.

– Ela é uma jovem bem bonita, sabe – comentou o sr. Rafiel –, mas não tem um pingo de charme. Não sei por que, recursos não lhe faltam.

Miss Marple suspirou – um suspiro que qualquer mulher daria, por mais velha que fosse, diante de algo que pode ser considerado uma oportunidade perdida. O que faltava a Esther havia sido designado por tantos nomes durante o tempo de vida de Miss Marple... "Não tem nada que um homem ache atraente". "Sem graça". "Olhar frígido". Cabelos claros, pele boa, olhos castanhos, belo corpo e sorriso agradável, mas desprovida do elemento que faz com que um homem vire a cabeça quando passa por uma mulher na rua.

– Ela devia se casar de novo – falou Miss Marple, baixando a voz.

– É claro que deveria. Seria uma boa esposa para qualquer homem.

Esther Walters juntou-se a eles, e o sr. Rafiel declarou, com uma voz ligeiramente artificial:

– Eis você, afinal! O que foi que a deixou tão ocupada?

– Todos pareciam estar mandando telegramas nesta manhã – Esther respondeu. – Com isso, e com as pessoas tentando entregar as chaves...

– Tentando entregar as chaves, é? Uma decorrência desse negócio de assassinato?

– Acho que sim. O pobre Tim Kendal está morrendo de preocupação.

– E não poderia ser diferente. Um golpe de azar para esse jovem casal, devo dizer.

– Pois é. Segundo me parece, assumir este hotel foi uma empreitada e tanto para eles. Estavam muito preocupados, tentando ser bem-sucedidos. E estavam se saindo muito bem...

– Estavam fazendo um bom trabalho – concordou o sr. Rafiel. – Ele é muito competente, trabalha duro como poucos. Ela é uma ótima jovem... e atraente também. Ambos trabalharam como negros... embora seja esquisito falar assim por aqui, pois os negros não se matam de trabalhar nem um pouco, até onde consigo ver. Eu estava observando um sujeito que trepou num coqueiro para pegar seu café da manhã... e aí ele trata de passar o resto do dia dormindo. Bela vida.

Ele acrescentou:

– Nós estávamos aqui discutindo a questão do assassinato.

Esther Walters pareceu ficar ligeiramente sobressaltada. Ela voltou a cabeça para Miss Marple.

– Eu estava errado quanto a ela – o sr. Rafiel falou com sua franqueza característica. – Nunca tive grande queda pelas velhinhas queridas. Todo esse tricotar de lã e tagarelice... Mas essa aqui tem predicados. Olhos e ouvidos. E ela os usa.

Esther Walters olhou para Miss Marple como quem pede desculpas, mas Miss Marple não parecia estar ofendida.

– Isso vale realmente por um elogio, sabe... – Esther explicou.

– Compreendo muito bem – disse Miss Marple. – Compreendo, também, que o sr. Rafiel é privilegiado, ou pensa que é.

– Como assim, privilegiado? – indagou o sr. Rafiel.

– O senhor pode ser rude quando bem quiser – respondeu Miss Marple.

– Eu fui rude? – retrucou o sr. Rafiel, surpreso. – Sinto muito se a deixei ofendida.

– O senhor não me ofendeu – falou Miss Marple. – Eu faço concessões.

– Ora, não seja malcriada. Esther, pegue uma cadeira e sente-se aqui conosco. Talvez você possa ajudar.

Esther avançou alguns passos pela varanda do bangalô e trouxe uma leve cadeira de vime.

– Vamos prosseguir com a nossa conferência – disse o sr. Rafiel. – Havíamos começado com o velho Palgrave, falecido, e suas eternas histórias.

– Minha nossa – Esther suspirou. – Eu costumava fugir dele, receio, sempre que pudesse.

– Miss Marple era mais paciente – disse o sr. Rafiel. – Diga, Esther, ele nunca lhe contou certa história sobre um assassino?

– Ah, é claro – respondeu Esther. – Diversas vezes.

– Como era exatamente essa história? Vejamos qual é a *sua* recordação.

– Bem... – Esther fez uma pausa para pensar. – O problema – ela falou em tom de desculpa – é que, na verdade, eu não ouvi com grande atenção. Era mais ou menos como aquela história terrível do leão na Rodésia que não terminava nunca... A gente acabava se habituando a não prestar atenção.

– Bem, tente nos contar o que você *consegue* recordar.

– Acho que surgiu a história de um assassinato que aparecera nos jornais. O major Palgrave disse que havia tido uma experiência que nem todo mundo tivera. Havia efetivamente conhecido um assassino frente a frente.

– Conhecido? – exclamou o sr. Rafiel. – Ele efetivamente usou a palavra "conhecido"?

Esther pareceu ficar confusa.

– Acho que sim – falou em dúvida. – Ou talvez ele tenha dito: "Eu posso lhe mostrar um assassino".

– Bem, qual das duas coisas? Há uma diferença.

– Eu realmente não posso afirmar com certeza... *Acho* que ele disse que me mostraria o retrato de alguém.

– Já está melhor.

– E depois ficou falando e falando sobre Lucrécia Bórgia.

– Você pode pular Lucrécia Bórgia. Sabemos tudo a respeito dela. Ele falou sobre envenenadores e que Lucrécia era belíssima e tinha cabelos ruivos. Disse que existiam provavelmente bem mais mulheres envenenadoras à solta no mundo do que qualquer pessoa imaginava.

– Isso, eu receio, é *bastante* provável – comentou Miss Marple.

– E se referiu ao veneno como uma arma feminina.

– Parece que ele se desviou um pouco do tema central – disse o sr. Rafiel.

– Bem, é claro, ele sempre se desviava do tema central em suas histórias. E aí a pessoa costumava parar de prestar atenção e só falava “Sim”, e “Verdade?”, e “Não diga”.

– E esse retrato que o major ia lhe mostrar?

– Não me lembro. Pode ter sido algo que ele vira no jornal...

– Ele não lhe mostrou efetivamente uma fotografia?

– Uma fotografia? Não – ela balançou a cabeça. – Tenho certeza disso. O major chegou a dizer que ela era uma mulher bonita e que você jamais a tomaria por uma assassina só de olhar para ela.

– Ela?

– Aí está – exclamou Miss Marple. – Tudo fica tão confuso...

– Ele estava falando sobre uma mulher? – perguntou o sr. Rafiel.

– Sem dúvida.

– O retrato era o retrato de uma mulher?

– Sim.

– Não pode ter sido!

– Mas foi – Esther insistiu. – O major falou: “Ela está aqui nesta ilha. Vou lhe mostrar quem é e aí lhe contarei a história toda”.

O sr. Rafiel praguejou. Ao expressar o que pensava do falecido major Palgrave, não mediu suas palavras.

– Segundo todas as probabilidades – finalizou –, não havia uma única palavra verdadeira em nada do que ele dizia!

– A gente começa mesmo a imaginar... – Miss Marple murmurou.

– Então é isso – disse o sr. Rafiel. – O velho pateta começava lhe contando histórias de caçada. Javalis abatidos por lanças, tiros em tigres, elefantes caçados, leões que por um triz não pegaram o caçador. Uma ou outra das histórias podiam ter ocorrido de fato. Várias delas eram ficção, e muitas haviam acontecido com outras pessoas! Aí ele passava para o tema "assassinato" e contava uma história de assassinato para rematar outra história de assassinato. E, ainda por cima, contava essas histórias como se tivessem acontecido com *ele.* Aposto dez contra um que a maioria era uma mistura requentada do que ele lera no jornal ou vira na tevê...

Ele se voltou, em tom acusador, para Esther.

– Você admite que não estava prestando atenção. Talvez tenha entendido mal o que ele dizia.

– Tenho certeza de que ele estava falando sobre uma mulher – Esther retrucou com obstinação –, porque, é claro, eu me perguntei quem seria.

– E quem imaginou que seria? – Miss Marple perguntou.

Esther corou e ficou ligeiramente embaraçada.

– Ah, eu não cheguei realmente... quero dizer, eu não gostaria de...

Miss Marple não insistiu. A presença do sr. Rafiel, ela pensou, estorvava sua chance de descobrir ao certo quais eram as suposições que Esther Walters fizera. Estas só poderiam ser comodamente trazidas à tona num *tête-à-tête* entre duas mulheres. E havia, é claro, a possibilidade de que Esther Walters estivesse mentindo. Obviamente, Miss Marple não fez tal sugestão em voz alta. Registrou-a como possibilidade, mas não a considerou muito verossímil. Em primeiro lugar, não acreditava que Esther Walters fosse uma mentirosa (embora nunca se pudesse ter certeza); em segundo, não via propósito em tal mentira.

– Mas *você* afirmou – o sr. Rafiel voltava-se agora para Miss Marple –, *você* afirmou que o major lhe contou aquela lorota sobre um assassino e que então ele alegou ter consigo uma foto que iria lhe mostrar.

– Achei que iria, sim.

– Achou que iria? No começo você tinha bastante certeza!

Miss Marple replicou com vivacidade:

– Nunca é fácil relatar uma conversa e transmitir com total precisão aquilo que o interlocutor falou. A pessoa tende sempre a ir direto para o que pensa que a outra *quis dizer*. E depois você usa palavras que teriam saído da boca do interlocutor. O major me contou essa história, sim. Contou-me que o homem que havia lhe contado aquilo, esse médico, mostrara-lhe um retrato do assassino; porém, para falar com perfeita honestidade, devo admitir que o que o major de fato me disse foi "Gostaria de ver o retrato de um assassino?", e naturalmente deduzi se tratar do mesmo retrato sobre o qual ele estivera falando. Que era o retrato daquele assassino em particular. Mas devo admitir que é possível... mesmo que remotamente, ainda assim possível... que, por uma associação de ideias em sua mente, o major tenha saltado do retrato que haviam lhe mostrado no passado para um retrato que ele tirara recentemente, aqui, de alguém que cometera, segundo convicção sua, um assassinato.

– Mulheres! – bufou o sr. Rafiel, exasperado. – Vocês são todas iguais, o bando todo! Não conseguem ser precisas. Nunca têm exata *certeza* de como algo aconteceu. E agora – acrescentou com irritação –, para onde *isso* nos leva? – e bufou. – Evelyn Hillingdon ou a esposa de Greg, Lucky? O negócio todo é uma bagunça.

Ouviu-se um tossido de desculpa. Arthur Jackson estava parado junto ao cotovelo do sr. Rafiel. Aproximara-se tão silenciosamente que ninguém havia notado sua chegada.

– Está na hora da sua massagem, senhor – ele disse.

A rabugice do sr. Rafiel se manifestou de imediato.

– O que você quer chegando assim, todo furtivo, para me dar um susto? Não ouvi você.

– Sinto muito, senhor.

– Acho que não vou querer nenhuma massagem hoje. Não me faz bem algum.

– Ora, senhor, não diga isso – Jackson era pura jovialidade profissional. – O senhor logo perceberia o resultado se relaxasse.

Ele girou a cadeira com destreza.

Miss Marple se pôs de pé, sorriu para Esther e desceu rumo à praia.

# Capítulo 18

## Sem privilégio clerical

### I

A praia estava um tanto deserta naquela manhã. Greg espadanava na água com seu habitual estilo ruidoso; Lucky mantinha-se deitada de rosto para baixo na praia com as costas bronzeadas e bem untadas, com os cabelos louros esparramados por cima dos ombros. Os Hillingdon não haviam aparecido. Señora de Caspearo, com um sortimento de cavalheiros acompanhando-a, estava deitada de rosto para cima e falando um espanhol gutural e alegre. Algumas crianças francesas e italianas brincavam e riam à beira da água. O cônego e a srta. Prescott estavam sentados em cadeiras de praia, observando a cena. O cônego tinha o chapéu baixado à frente, sobre os olhos, e parecia meio adormecido. Havia uma providencial cadeira perto da srta. Prescott; Miss Marple tomou o rumo da cadeira e então se sentou.

– Minha nossa... – ela falou com um profundo suspiro.

– Pois é – retrucou a srta. Prescott.

Era o tributo conjunto das duas à morte violenta.

– Aquela pobre garota – Miss Marple comentou.

– Tão triste... – disse o cônego. – Muitíssimo deplorável.

– Por alguns instantes – falou a srta. Prescott – nós realmente cogitamos ir embora, Jeremy e eu. Mas então decidimos o contrário. Não seria nada justo, eu pensei, com os Kendal. Afinal de contas, não é culpa *deles*... Poderia ter acontecido em qualquer lugar.

– Em meio à vida, estamos na morte – declarou com solenidade o cônego.

– É muito importante, sabe – falou a srta. Prescott –, que consigam fazer deslanchar este lugar. Injetaram aqui todo o capital que tinham.

– Uma doçura de jovem – disse Miss Marple –, mas não anda com aparência nada boa nos últimos tempos.

– Muito nervosa – concordou a srta. Prescott. – É claro, a família dela... – sacudiu a cabeça.

– Eu realmente acho, Joan – afirmou o cônego numa branda reprimenda –, que existem certas coisas...

– Todo mundo sabe a respeito – disse a srta. Prescott. – A família dela mora na nossa região. Uma tia-avó... esquisitíssima... E um de seus tios tirou a roupa toda numa das estações do trem. Creio que foi em Green Park.

– Joan, essa é uma coisa que *não* deveria ser passada adiante.

– Muito triste – comentou Miss Marple, balançando a cabeça –, embora não seja, acredito eu, uma forma incomum de loucura. Sei que, quando estávamos trabalhando na beneficência armênia, um clérigo idoso, absolutamente respeitável, foi acometido da mesma maneira. Telefonaram à esposa do clérigo e ela foi ao encontro dele de imediato e o levou para casa de táxi, enrolado num cobertor.

– É claro, com os familiares mais próximos de Molly não há nada – disse a srta. Prescott. – Ela nunca se deu muito bem com a mãe, mas, pensando bem, tão poucas garotas parecem se dar bem com suas mães hoje em dia.

– Uma lástima – falou Miss Marple, balançando a cabeça –, porque uma mocinha realmente precisa do conhecimento do mundo e da experiência de sua mãe.

– Exato – retrucou a srta. Prescott, enfática. – Molly envolveu-se com um homem, sabe... *totalmente* inadequado, pelo que sei.

– Isso acontece com tanta frequência... – disse Miss Marple.

– A família desaprovou, obviamente. Não foi *ela* quem lhes contou. Ficaram sabendo através de uma pessoa completamente descomprometida. A mãe falou, é claro, que ela devia trazê-lo para que o conhecessem de modo apropriado. Isso, pelo que sei, a jovem se recusou a fazer. Alegou que era humilhante para ele. Insultante demais que ela o fizesse aparecer para conhecer a família e ser avaliado superficialmente. Bem como se você fosse um cavalo, ela falou.

Miss Marple suspirou.

– A gente precisa mesmo ter tanto *tato* quando lida com os jovens... – ela murmurou.

– De qualquer forma, era isso! Proibiram-na de ter relações com ele.

– Mas não dá para *fazer* isso hoje em dia – falou Miss Marple. – As jovens têm empregos e se relacionam com pessoas, não importando se alguém as proíbe ou não.

– Mas aí, por sorte – continuou a srta. Prescott –, ela conheceu Tim Kendal, e o outro parece que sumiu de cena. Nem tenho como lhe *dizer* o quanto a família ficou aliviada.

– Espero que não tenham deixado transparecer com evidência demasiada – disse Miss Marple. – Isso muitas vezes acaba desencorajando as jovens de ter relacionamentos adequados.

– Sim, é verdade.

– A gente fica recordando... – Miss Marple murmurou.

Sua mente recuou para o passado. Um jovem que ela conhecera numa partida de croqué. Parecera tão agradável... um tanto alegre, quase *boêmio* em seu modo der ver as coisas. E depois tinha sido – de maneira inesperada – acolhido calorosamente pelo pai dela. Foi visto como adequado, compatível; tinha sido convidado livremente a frequentar a casa mais de uma vez, e Miss Marple constatara que, no fim de contas, ele era *enfadonho*. Muito enfadonho.

O cônego parecia estar afundado num seguro estado comatoso, e Miss Marple tentou avançar para o assunto que ansiava por investigar.

– Vocês conhecem muito bem este lugar, é claro – murmurou. – Vocês têm vindo para cá por vários anos seguidos, não?

– Bem, no ano passado e nos dois anos anteriores. Gostamos muito de St. Honoré. Sempre encontramos pessoas tão agradáveis aqui... Nada de gente ostentosa ou riquíssima.

– Então vocês devem conhecer bem os Hillingdon e os Dyson!

– Sim, razoavelmente bem.

Miss Marple tossiu e baixou levemente a voz.

– O major Palgrave me contou uma história tão interessante... – falou.

– Ele tinha um grande repertório de histórias, não tinha? Mas, é claro, viajara por todos os cantos. África, Índia, até mesmo China, creio eu.

– Sim, isso mesmo – disse Miss Marple. – Mas eu não estava me referindo a uma *dessas* histórias. Era uma história que dizia respeito a... bem, a uma das pessoas que acabei de mencionar.

– Ah! – reagiu a srta. Prescott; sua voz indicava um entendimento.

– Sim. E agora eu me pergunto...

Miss Marple deixou seu olhar seguir com suavidade até a praia, até o ponto no qual Lucky se mantinha deitada, bronzeando as costas.

– Um bronzeado magnífico, não é mesmo? – comentou. – E os cabelos. Fascinantes. Praticamente da mesma cor que os de Molly Kendal, não?

– A única diferença – disse a srta. Prescott – é que a cor de Molly é natural, ao passo que a de Lucky vem de um frasco!

– Francamente, Joan – protestou o cônego, inesperadamente desperto. – Você não acha que essa é uma coisa *um tanto* maldosa de se dizer?

– Não é maldade – retrucou com acidez a srta. Prescott. – É meramente um fato.

– Os cabelos dela me parecem muito bonitos – disse o cônego.

– Claro. É por isso que ela os pinta. Mas eu lhe garanto, meu querido Jeremy, que essa cor não enganaria uma *mulher* nem por um segundo. Enganaria?

Ela interpelava Miss Marple.

– Bem, eu receio... – disse Miss Marple. – É claro que não tenho a experiência que a senhorita tem... mas receio... sim, eu diria que definitivamente *não é natural.* O aspecto das raízes a cada cinco ou seis dias...

Ela olhou para a srta. Prescott e ambas assentiram num gesto de calada certeza feminina.

O cônego parecia estar cochilando de novo.

– O major Palgrave me contou uma história simplesmente extraordinária – Miss Marple murmurou – sobre... bem, eu não consegui entender direito. Sou um pouco surda às vezes. O major pareceu ter dito ou sugerido... – ela fez uma pausa.

– Eu sei aonde a senhorita quer chegar. Houve um tremendo falatório na época...

– A senhorita quer dizer na época em que...

– Em que a primeira sra. Dyson morreu. Sua morte foi bastante inesperada. Na verdade, todo mundo pensou que ela fosse uma *malade imaginaire*... uma hipocondríaca. Assim, quando ela teve aquele ataque e morreu tão inesperadamente... bem, é claro, as pessoas ficaram comentando.

– Ela não tinha nenhum problema na época?

– O médico ficou intrigado. Era um homem bastante jovem, não tinha muita experiência. Era um desses que eu chamo de antibióticos-para-tudo. Sabe como é, o tipo que não quer perder tempo analisando demais o paciente, ou se preocupando com qual é o problema dele. Limita-se a dar para o paciente uma espécie de pílula saída de um frasco e, se o paciente não melhora, aí tenta uma pílula diferente. Sim, creio que ele *ficou* intrigado, mas parece que ela tivera distúrbios gástricos antes. Ao menos foi o que o marido disse, e não parecia existir motivo para suspeitar que algo estivesse *errado*.

– Mas a senhorita, pessoalmente, acha que...

– Bem, tento sempre manter uma mente aberta, mas a gente fica se perguntando, sabe... E com as diversas coisas que as pessoas diziam...

– Joan! – o cônego se aprumou no assento com uma expressão beligerante. – Não gosto... realmente não gosto de ouvir esse tipo de fofoca mal-intencionada sendo passada adiante. Nós sempre nos posicionamos totalmente contra esse tipo de coisa. Não veja o mal, não ouça o mal, não fale o mal... e, acima de tudo, não *pense* o mal! Esse deveria ser o lema de todo cristão, homem ou mulher.

As duas mulheres ficaram caladas. Haviam sido repreendidas e, em respeito à formação que tinham, submeteram-se à crítica de um homem. No íntimo, porém, estavam frustradas, irritadas e de todo impenitentes. A srta. Prescott lançou um franco olhar de irritação na direção do irmão. Miss Marple tirou seu tricô e ficou olhando para o material. Felizmente, para elas, o acaso favoreceu.

– *Mon père** – disse uma voz fina e estridente.

Era uma das crianças francesas que haviam brincado à beira da água. Ela se aproximara despercebida e estava parada junto à cadeira do cônego Prescott.

– *Mon père* – repetiu a melodiosa vozinha.

– Hein? Sim, minha querida? *Oui, qu'est-ce qu'il y à, ma petite?***

A criança explicou. Ocorrera uma discussão sobre quem teria o direito de usar as braçadeiras infláveis a seguir e também sobre outras questões de etiqueta da beira-mar. O cônego Prescott era extremamente apegado a crianças, sobretudo menininhas. Sempre ficava deleitado quando era convocado a atuar como árbitro em suas discussões. Ele se levantou de bom grado, agora, e acompanhou a criança até a beira da água. Miss Marple e a srta. Prescott soltaram suspiros profundos e voltaram-se avidamente uma para a outra.

## II

– Jeremy, muito corretamente, é claro, não tolera fofocas mal-intencionadas – disse a srta. Prescott –, mas não podemos ignorar o que as pessoas dizem. E houve, como eu disse, um tremendo falatório na época.

– É mesmo? – o tom de Miss Marple a instou a prosseguir.

---

* Francês: "Meu padre". (N.T.)

** Francês: "Sim, o que foi, minha querida?". (N.T.)

– Havia uma jovem... Acho que o nome dela na época era srta. Greatorex... não consigo lembrar agora... era uma espécie de prima que cuidava da sra. Dyson. Dava-lhe todos os remédios e assim por diante.

Houve uma pausa ligeira e significativa.

– E é claro que haviam acontecido, pelo que sei – a voz da srta. Prescott estava mais baixa –, coisas por baixo do pano entre o sr. Dyson e a srta. Greatorex. Muita gente tinha percebido. Quero dizer, coisas assim são rapidamente notadas num lugar como este. E depois houve certa história curiosa sobre algo que Edward Hillingdon arranjou para ela com um farmacêutico.

– Ah, Edward Hillingdon entrou na história?

– Sem dúvida, ele estava muitíssimo atraído. As pessoas notaram. E Lucky (a srta. Greatorex) os manipulou e os colocou um contra o outro. Gregory Dyson e Edward Hillingdon. Não se pode negar, ela sempre foi uma mulher atraente.

– Embora já não seja tão jovem – Miss Marple retrucou.

– Exato. Mas sempre se produziu e se maquiou muito bem. Não era tão exuberante, é claro, na época em que era somente a parente pobre. Sempre *parecia* ser muito devotada à inválida. Bem, a senhorita entende qual era o caso.

– Que história era essa com o farmacêutico? Como foi que as pessoas tomaram conhecimento?

– Não foi em Jamestown. Acho que foi quando eles estavam na Martinica. Os franceses, acredito, são mais flexíveis do que nós em matéria de drogas... O farmacêutico falou com alguém e a história se espalhou... Bem, a senhorita sabe como essas coisas acontecem.

Miss Marple sabia. Ninguém melhor do que ela.

– Ele comentou algo sobre o coronel Hillingdon ter pedido alguma coisa sem parecer saber o que estava pedindo. Consultando um papelzinho, sabe, no qual o pedido estava escrito. De todo modo, como eu disse, houve *falatório*.

– Mas não entendo direito por que o coronel Hillingdon... – Miss Marple franziu o cenho, perplexa.

– Acho que ele só estava sendo usado como *fantoche*. De todo modo, Gregory Dyson voltou a se casar num espaço de tempo quase indecentemente curto. Mal havia passado um mês, pelo que sei.

As duas se entreolharam.

– Mas não houve nenhuma suspeita *real*? – Miss Marple perguntou.

– Não, não, foi só... bem, *falatório*. É claro, pode ser que não houvesse absolutamente nenhum fundamento.

– O major Palgrave achava que havia.

– Ele lhe disse isso?

– Eu não estava prestando grande atenção – Miss Marple confessou. – Eu só queria saber se... hã... bem, se ele havia dito a mesma coisa para a senhorita...

– Ele de fato me apontou Lucky certo dia – disse a srta. Prescott.

– É mesmo? Ele de fato apontou-a?

– Sim. Para falar a verdade, achei a princípio que ele estivesse apontando a sra. Hillingdon. Ele chiou e riu um pouquinho e falou: "Dê uma olhada naquela mulher. Na minha opinião, essa é uma mulher que já cometeu assassinato e se safou". Fiquei bastante chocada, é claro. Falei: "Sem dúvida, o senhor está brincando, major Palgrave". E ele disse: "Sim, sim, minha cara dama, digamos que é brincadeira". Os Dyson e os Hillingdon estavam sentados a uma mesa bem perto de nós, e eu temia que acabassem nos escutando. Ele deu uma risadinha e falou:

"Não me agradaria comparecer a uma festa em que certa pessoa me preparasse um coquetel. Seria praticamente uma ceia com os Bórgia".

– Interessante *demais*... – retrucou Miss Marple. – Por acaso ele mencionou... uma... uma fotografia?

– Não lembro... Era um recorte de jornal?

Miss Marple, prestes a falar, cerrou os lábios.

O sol foi momentaneamente obscurecido por uma sombra. Evelyn Hillingdon parou ao lado das duas.

– Bom dia – ela disse.

– Eu estava me perguntando onde a senhora estava – disse a srta. Prescott, olhando para cima com vivacidade.

– Estive fazendo compras em Jamestown.

– Ah, é claro.

A srta. Prescott olhou vagamente ao redor e Evelyn Hillingdon disse:

– Ah, não levei Edward comigo. Os homens detestam fazer compras.

– Encontrou alguma coisa interessante?

– Não foi esse tipo de compra. Eu só precisava ir ao farmacêutico.

Com um sorriso e um ligeiro aceno de cabeça, ela seguiu seu caminho pela praia.

– Pessoal tão simpático, os Hillingdon... – falou a srta. Prescott. – Embora ela não seja realmente muito fácil de conhecer, certo? Quero dizer, ela é sempre muito afável e tudo mais, mas parece que a gente nunca chega a conhecê-la melhor.

Miss Marple concordou, pensativa.

– A gente nunca sabe o que ela está pensando – disse a srta. Prescott.

– Talvez seja melhor assim – Miss Marple retrucou.

– Perdão?

– Ah, nada de mais, é só que eu sempre tive a sensação de que talvez os pensamentos dela pudessem ser um tanto desconcertantes.

– Ah – a srta. Prescott exibiu uma expressão intrigada –, entendi o que a senhorita quer dizer.

Ela prosseguiu com uma ligeira mudança de assunto.

– Creio que eles têm uma propriedade muito charmosa em Hampshire, e um menino... ou seriam dois meninos... que acabaram de ir... ou um deles foi... para Winchester.

– A senhorita conhece bem Hampshire?

– Não. Praticamente nada. Acho que a casa deles fica em algum ponto perto de Alton.

– Sei.

Miss Marple fez uma pausa e então perguntou:

– E onde moram os Dyson?

– Califórnia – respondeu a srta. Prescott. – Isto é, quando estão em casa. São grandes viajantes.

– A gente sabe de fato tão pouco sobre as pessoas que conhece quando está viajando... – Miss Marple comentou. – Ou melhor... como posso dizer... a gente só sabe, não é mesmo, o que elas optam por nos contar sobre suas vidas. Por exemplo: você não sabe se os Dyson moram *realmente* na Califórnia.

A srta. Prescott pareceu ficar sobressaltada.

– Tenho certeza de que o sr. Dyson mencionou isso.

– Sim. Sim, exatamente. É o que estou querendo dizer. E a mesma coisa, talvez, em relação aos Hillingdon. Ou seja: quando a senhorita diz que eles moram em Hampshire, na verdade a senhorita está repetindo aquilo que *eles lhe* contaram, não está?

A srta. Prescott parecia ligeiramente alarmada.

– A senhorita quer dar a entender que eles não moram em Hampshire? – ela perguntou.

– Não, não, nem por um segundo – Miss Marple retrucou rápido, em tom de desculpa. – Eu somente os estava usando como um exemplo do que sabemos ou não sabemos sobre as pessoas.

Ela acrescentou:

– *Eu* lhe contei que moro em St. Mary Mead, que é um lugar, sem dúvida, do qual a senhorita nunca ouviu falar. No entanto, se posso dizer assim, a senhorita não sabe disso por seu *próprio* conhecimento, certo?

A srta. Prescott se absteve de dizer que realmente pouco se importava em saber onde Miss Marple morava. Era certamente um lugar no campo, no sul da Inglaterra, e isso era tudo o que sabia.

– Ah, entendi o que a senhorita quer dizer – concordou às pressas – e sei que qualquer cautela nunca é demasiada quando estamos no exterior.

– Eu não quis dizer exatamente *isso* – falou Miss Marple.

Pensamentos estranhos passavam pela mente de Miss Marple, que se perguntava: será que ela de fato sabia que o cônego Prescott e a srta. Prescott eram de fato o cônego Prescott e a srta. Prescott? Era o que afirmavam. Não havia nenhuma evidência que os contradissesse. Por acaso não seria extremamente fácil botar um colarinho clerical, usar as roupas apropriadas, desenvolver as conversas adequadas? Se houvesse um motivo...

Miss Marple era razoavelmente bem-informada sobre o clero em sua região, mas os Prescott eram do norte. Durham, não era isso? Não tinha nenhuma dúvida de que eram os Prescott, mas, mesmo assim, tudo convergia para o mesmo fato: você acreditava no que as pessoas lhe diziam.

Talvez você devesse se resguardar contra isso. Talvez... Ela sacudiu a cabeça pensativamente.

## Capítulo 19

# As utilidades de um sapato

O cônego Prescott retornou da beira da água ligeiramente sem fôlego (brincar com crianças é sempre exaustivo).

Dentro em pouco, ele e sua irmã voltaram para o hotel, considerando que a praia estava um pouco quente demais.

– Mas – disse Señora de Caspearo, com desdém, enquanto a dupla se afastava –, como pode uma praia ser quente demais? É bobagem isso... E olha o que ela usa... seus braços e o pescoço estão tapados. Talvez seja melhor assim. A pele dela é medonha, como uma galinha depenada!

Miss Marple respirou fundo. Era agora ou nunca o momento para conversar com Señora de Caspearo. Infelizmente, não sabia o que dizer. Não parecia existir um universo comum no qual pudessem se encontrar.

– Tem filhos, Señora? – indagou.

– Tenho três anjos – respondeu Señora de Caspearo, beijando as pontas dos dedos.

Miss Marple ficou bastante em dúvida: aquilo significava que a prole da Señora de Caspearo estava no Céu ou referia-se meramente ao temperamento das crianças?

Um dos cavalheiros de seu séquito fez um comentário em espanhol, e Señora de Caspearo jogou a cabeça para trás com gosto, rindo alta e melodiosamente.

– Entendeu o que ele disse? – perguntou para Miss Marple.

– Receio que não – Miss Marple se desculpou.

– Tanto melhor. Ele é um homem perverso.

Seguiu-se uma rápida e animada troca de gracejos em espanhol.

– É abominável... abominável – falou Señora de Caspearo, retornando ao inglês com súbita seriedade – que a polícia não nos deixe ir embora desta ilha. Fico enfurecida, berro, bato meu pé... mas tudo o que dizem é "não"... "não". A senhorita sabe como isso vai terminar... seremos todos mortos.

Seu guarda-costas tentou tranquilizá-la.

– Mas sim... eu lhe garanto que é azarado aqui. Eu soube desde o primeiro instante... Aquele velho major, aquele feio... ele tinha o Mau-Olhado, você se lembra? Os olhos dele se atravessavam... isso é ruim! Eu faço Mão Chifrada toda vez que ele olha na minha direção – ela fez o gesto para ilustrar. – Só que, como ele é vesgo, não tenho sempre certeza quando ele olha mesmo na minha direção...

– Ele tinha um olho de vidro – Miss Marple interveio em tom de explicação. – Um acidente sofrido, segundo sei, quando ele era bem jovem. Não era culpa dele.

– Eu lhe garanto, ele dava azar... estou dizendo que era Mau-Olhado que ele tinha.

Sua mão disparou mais uma vez o conhecido gesto latino – o dedo indicador e o dedo mínimo esticados, os dois dedos do meio dobrados.

– De qualquer forma – falou com jovialidade –, ele está morto... não preciso mais olhar para ele. Não gosto de olhar para coisas que são feias.

Tratava-se, Miss Marple pensou, de um epitáfio meio cruel para o major Palgrave. Mais abaixo na praia, Gregory Dyson saíra do mar. Lucky virara o corpo na areia. Evelyn Hillingdon estava olhando para Lucky, e sua expressão, por algum motivo, fez Miss Marple estremecer.

"Certamente não posso estar sentindo frio... com esse sol quente", ela pensou.

Como era mesmo aquele velho ditado? "*Um ganso caminhando por cima do seu túmulo...*"

Ela se levantou e voltou lentamente para o seu bangalô.

No caminho, topou com o sr. Rafiel e Esther Walters, que vinham pela praia. O sr. Rafiel piscou para ela. Miss Marple não piscou de volta – exibia um semblante de desaprovação. Entrou em seu bangalô e deitou-se na cama. Sentia-se velha e cansada e preocupada.

Tinha plena certeza de que não havia tempo a perder... não havia tempo... a... perder... Estava ficando tarde... O sol já estava quase se pondo. O sol – você só deve olhar para o sol com a proteção de um vidro fumê... Onde estava aquele vidrinho fumê que alguém lhe dera?...

Não, ela não iria precisar dele no fim das contas. Uma sombra se colocara na frente do sol, obscurecendo-o. Uma sombra. A sombra de Evelyn Hillingdon. Não, não era Evelyn Hillingdon – A Sombra (quais eram as palavras?), A *Sombra do Vale da Morte.* Era isso. Ela precisava – o que era mesmo? Fazer a Mão Chifrada – para evitar o Mau-Olhado – o Mau-Olhado do major Palgrave.

Suas pálpebras se abriram – ela estivera dormindo. Mas *havia* uma sombra – alguém espiando em sua janela.

A sombra se afastou e Miss Marple viu quem era. Era Jackson.

"Que impertinência... espiando desse jeito", ela pensou. E acrescentou num parêntese: "Igualzinho a Jonas Parry".

A comparação não dava crédito algum a Jackson.

Então ela se perguntou *por que* Jackson havia espiado seu quarto. Para ver se ela estava ali? Ou para conferir se ela estava ali, mas adormecida.

Miss Marple levantou-se, foi até o banheiro e espiou cautelosamente pela janela.

Arthur Jackson estava parado junto à porta do bangalô ao lado. O bangalô do sr. Rafiel. Ela o viu dar uma rápida olhada em volta e então recuou o corpo com agilidade. Interessante, pensou Miss Marple. Que motivo ele tinha para olhar em volta daquele modo furtivo? Nada no mundo poderia ser mais natural do que sua entrada no bangalô do sr. Rafiel, uma vez que ele mesmo tinha um quarto nos fundos. O tempo inteiro ele entrava e saía com uma incumbência qualquer. Então por que aquele olhar em volta, rápido e furtivo?

– Uma única razão – disse Miss Marple, respondendo à própria pergunta. – Ele queria ter certeza de que ninguém observava sua entrada, nesse momento em particular, por causa de algo que iria fazer lá dentro.

Todo mundo, é claro, estava na praia naquele momento, com exceção dos que haviam saído para expedições. Em cerca de vinte minutos, o próprio Jackson apareceria na praia, no exercício de suas funções, para ajudar o sr. Rafiel a dar seu mergulho no mar. Se ele quisesse fazer algo despercebido no bangalô, agora era um ótimo momento. Ele se certificara de que Miss Marple encontrava-se adormecida em sua cama, certificara-se de que não havia ninguém por perto para observar seus movimentos. Bem, ela precisava agir do melhor modo possível para fazer exatamente isso.

Sentando-se em sua cama, Miss Marple tirou suas elegantes sandálias e as substituiu por um par de calçados de lona. Então sacudiu a cabeça, tirou os calçados de lona e vasculhou sua mala até encontrar um par de sapatos com um salto problemático, avariado recentemente por um gancho junto à porta. O estado do salto era ligeiramente precário, e Miss Marple o deixou mais precário ainda com o emprego de uma lixa de unhas. Então ela saiu pela porta com a devida precaução, caminhando de meias. Com o imenso cuidado de um caçador de grandes animais que se aproxima contra o vento de uma manada de antílopes, Miss Marple circum-navegou suavemente o bangalô do sr. Rafiel. Com cautela, executou seu avanço em torno do canto da casa. Colocou no pé um dos sapatos que estava carregando, deu um puxão final no salto do outro, ficou de joelhos num movimento suave e manteve-se inclinada sob a janela. Se Jackson escutasse alguma coisa, se viesse até a janela para olhar, uma velhinha teria sofrido uma queda devido a um salto que se soltara do sapato. Evidentemente, porém, Jackson não ouvira nada.

Muito, muito devagar, Miss Marple ergueu a cabeça. As janelas do bangalô eram baixas. Protegendo-se ligeiramente com uma grinalda de trepadeira, olhou para dentro...

Jackson estava de joelhos diante de uma maleta. A tampa da maleta estava aberta, e Miss Marple conseguia ver que se tratava de algo especialmente adaptado, contendo compartimentos tomados por vários tipos de documentos. Jackson examinava os papéis, ocasionalmente tirando documentos de longos envelopes. Miss Marple não permaneceu por muito tempo em seu posto de observação. Tudo o que queria era saber o que Jackson estava fazendo. Agora ela sabia. Jackson estava bisbilhotando. Se ele procurava algo em particular ou se apenas satisfazia seus instintos naturais, Miss Marple não tinha meios de julgar. Mas o fato confirmou sua crença de que Arthur Jackson e Jonas Parry tinham fortes afinidades em outras coisas além da semelhança facial.

Seu problema era agora a retirada. Com grande cuidado, baixou o corpo de novo e rastejou ao longo do canteiro de flores até se afastar da janela. Retornou para o seu bangalô e guardou cuidadosamente o sapato com o salto arrancado. Contemplou-os com afeto. Um bom artifício que ela poderia usar outro dia, se necessário. Miss Marple recolocou suas sandálias e desceu até a praia de novo, pensativa.

Escolhendo um momento em que Esther Walters estava na água, Miss Marple tomou a cadeira que Esther desocupara.

Greg e Lucky riam e conversavam com Señora de Caspearo, fazendo um bocado de ruído.

Miss Marple falou bem baixinho, quase num sussurro, sem olhar para o sr. Rafiel:

– O senhor sabia que Jackson bisbilhota?

– Não me surpreende – disse o sr. Rafiel. – Você o pegou em flagrante, é?

– Dei um jeito de observá-lo através de uma janela. Ele abrira uma das suas maletas e estava examinando os documentos.

– Deve ter arranjado uma chave que abrisse a maleta. Sujeito engenhoso. Vai ficar mais do que desapontado. Nada que ele possa obter dessa maneira vai lhe fazer um pingo de bem.

– Ele está vindo – disse Miss Marple, lançando um olhar na direção do hotel.

– Hora do meu mergulho idiota no mar.

Ele voltou a falar – bem baixinho:

– Quanto a você... não seja empreendedora demais. Não queremos comparecer ao *seu* enterro em seguida. Lembre-se da sua idade, tenha cuidado. Existe alguém por aí que não tem muitos escrúpulos, está lembrada?

## Capítulo 20

# Alarme noturno

### I

A noite chegou – As luzes apareceram no terraço – As pessoas jantaram e conversaram e riram, embora com menos alegria e menos intensidade na comparação com as noites anteriores – A banda de tambores tocou.

Mas a dança terminou cedo. As pessoas bocejaram – foram se deitar – As luzes se apagaram – Veio a escuridão e a quietude – O Golden Palm Tree dormia...

– Evelyn. Evelyn! – o sussurro soou incisivo e urgente.

Evelyn Hillingdon agitou-se e virou a cabeça no travesseiro.

– *Evelyn.* Acorde, por favor.

Evelyn Hillingdon ergueu o tronco abruptamente. Tim Kendal estava parado no vão da porta. Ela o encarou com surpresa.

– Evelyn, *por favor*, você pode vir? É... a Molly. Ela está mal. Não sei o que há com ela. Acho que deve ter tomado alguma coisa.

Evelyn foi rápida, decidida.

– Certo, Tim. Eu vou. Volte para junto dela. Estarei com vocês num minuto.

Tim Kendal se foi. Evelyn saiu da cama, vestiu um roupão e contemplou a outra cama. Seu marido, ao que parecia, não despertara. Permanecia deitado, com a cabeça virada, respirando tranquilamente. Evelyn hesitou por um momento e então decidiu não incomodá-lo. Saiu pela porta e caminhou com velocidade para o edifício principal e, além dele, para o bangalô dos Kendal. Topou com Tim na porta.

Molly jazia na cama. Seus olhos estavam fechados, e sua respiração claramente não era natural. Evelyn se inclinou acima da jovem, levantou uma pálpebra, sentiu seu pulso e então olhou a mesa de cabeceira. Havia nela um copo que tinha sido utilizado. Ao lado deste havia um frasco de comprimidos vazio. Ela o pegou.

– Eram os soníferos dela – disse Tim –, mas esse frasco estava pela metade ontem ou anteontem. Acho que ela deve ter tomado tudo de uma vez.

– Vá chamar o dr. Graham – disse Evelyn – e, no caminho, bata na porta e lhes peça que façam um café forte. O mais forte possível. Corra.

Tim saiu em disparada. Logo na saída da porta, colidiu com Edward Hillingdon.

– Ah, perdão, Edward.

– O que está havendo aqui? – Hillingdon quis saber. – O que está acontecendo?

– É Molly. Evelyn está com ela. Preciso ir atrás do médico. Acho que deveria tê-lo procurado primeiro, mas eu... eu não tinha certeza e achei que Evelyn saberia. Molly detestaria que eu fosse buscar um médico quando não era necessário.

Ele partiu correndo. Edward Hillingdon observou seu afastamento por alguns instantes e então entrou no quarto.

– O que está acontecendo? – perguntou. – É sério?

– Ah, aí está você, Edward. Eu estava me perguntando se você tinha despertado. Esta criança boba andou tomando umas coisas.

– O caso é preocupante?

– Não dá para dizer sem saber o quanto ela tomou. Eu diria que o caso não é tão preocupante se conseguíssemos fazer tudo a tempo. Mandei buscar café. Se conseguirmos fazê-la engolir um pouco...

– Mas por que motivo ela faria uma coisas dessas? Você não acha... – ele parou.

– Não acho o quê? – perguntou Evelyn.

– Não acha que é por causa do inquérito... da polícia... de tudo isso?

– É possível, claro. Esse tipo de coisa pode ser muito alarmante para um temperamento nervoso.

– Molly não costumava ter um temperamento nervoso.

– A gente nunca pode ter certeza – falou Evelyn. – São as pessoas mais improváveis, às vezes, que perdem o controle.

– Sim, eu lembro... – de novo ele parou.

– A verdade – disse Evelyn – é que no fundo a gente não sabe nada sobre ninguém.

Ela acrescentou:

– Nem mesmo sobre as pessoas que são mais próximas de nós...

– Isso não é ir um pouco longe demais, Evelyn? Exagerar demais?

– Não creio que seja. Quando você pensa numa pessoa, você pensa na imagem dela que criou para si.

– Eu conheço você – Edward Hillingdon falou tranquilamente.

– Você acha que conhece.

– Não. Eu tenho certeza.

Ele acrescentou:

– E você tem certeza quanto a mim.

Evelyn olhou para o marido e então girou o rosto de novo na direção da cama. Pegou Molly pelos ombros e a sacudiu.

– Deveríamos estar fazendo alguma coisa, mas suponho que seja melhor esperar a chegada do dr. Graham... Ouça, acho que são eles.

## II

– Ela vai melhorar agora.

O dr. Graham recuou um passo, secou a testa com um lenço e soltou um suspiro de alívio.

– O senhor acha que ela vai ficar bem? – Tim indagou com ansiedade.

– Sim, sim. Pudemos socorrê-la em tempo hábil. De todo modo, provavelmente ela não tomou o bastante para morrer. Dentro de alguns dias ela estará vendendo saúde, mas antes terá um ou dois dias tenebrosos.

Ele pegou o frasco vazio.

– Quem lhe deu isto aqui, aliás?

– Um médico em Nova York. Ela não estava dormindo bem.

– Ora, ora. Eu sei que nós, doutores, distribuímos essas coisas livremente hoje em dia. Ninguém orienta uma mulher que não consegue dormir a contar ovelhinhas, ou a levantar e comer um biscoito, ou a escrever algumas cartas para depois voltar à cama. Remédios instantâneos, isso é o que as pessoas exigem hoje em dia. Às vezes, acho uma pena que lhes demos esses remédios. Você precisa aprender a suportar as coisas na vida. É uma maravilha encher a boca de um bebê com algo gostoso para fazê-lo parar de chorar. Não dá para continuar fazendo isso ao longo da vida toda de uma pessoa – o dr. Graham soltou uma risadinha. – Sou capaz de apostar: se perguntarmos a Miss Marple o que ela faz quando não consegue dormir, ela nos dirá que conta ovelhinhas passando por baixo de um portão.

Ele se voltou na direção da cama, na qual Molly se agitava. Os olhos da jovem estavam abertos agora. Ela contemplava todos ali sem interesse ou reconhecimento. O dr. Graham pegou sua mão.

– Ora, ora, minha querida, o que foi que andou fazendo?

Ela piscou, mas não respondeu.

– Por que você fez isso, Molly, por quê? Me diga, por quê? – Tim pegou a outra mão.

Seus olhos continuaram imóveis. Quando se detinham em alguém, era em Evelyn Hillingdon. Talvez pudesse haver um débil questionamento neles, mas era difícil dizer. Evelyn falou como se o questionamento tivesse sido feito.

– Tim foi me buscar – ela disse.

Os olhos de Molly procuraram Tim; depois pularam para o dr. Graham.

– A senhora vai ficar bem agora – falou o dr. Graham –, mas não faça isso de novo.

– Não era intenção dela – Tim falou calmamente. – Tenho certeza de que não era intenção dela. Ela só queria uma boa noite de descanso. Talvez os comprimidos não tenham funcionado num primeiro momento e aí ela tomou mais. É isso, Molly?

A cabeça da jovem moveu-se muito levemente num gesto negativo.

– Você quer dizer... que os tomou de propósito? – Tim perguntou.

Então Molly falou.

– Sim – ela disse.

– Mas por que, Molly, por quê?

As pálpebras vacilaram.

– Medo.

A palavra mal se fez ouvir.

– Medo? Do quê?

Mas as pálpebras se fecharam.

– Melhor deixá-la em paz – disse o dr. Graham.

Tim falou impetuosamente:

– Com medo do quê? Da polícia? Porque ficaram perseguindo você e fazendo perguntas? Não me espanta... Qualquer um poderia se sentir assustado. Mas é assim que eles agem, isso é tudo. Ninguém pensa sequer por um momento... – ele se interrompeu.

O dr. Graham lhe fez um gesto decidido.

– Eu quero dormir – disse Molly.

– É a melhor coisa que a senhora pode fazer – retrucou o dr. Graham.

Ele tomou o rumo da porta e os outros o seguiram.

– Ela vai dormir bem – disse Graham.

– Há algo que eu deveria fazer? – Tim perguntou.

Ele demonstrava uma postura ligeiramente apreensiva, típica de um homem enfermo.

– Posso ficar, se você quiser – Evelyn falou amavelmente.

– Não, não. Está tudo bem – disse Tim.

Evelyn voltou até a cama.

– Devo ficar com você, Molly?

Os olhos de Molly abriram-se de novo. Ela disse:

– Não.

E depois de uma pausa:

– Só Tim.

Tim voltou e sentou-se junto à cama.

– Estou aqui, Molly – ele falou, pegando sua mão. – Durma tranquila. Não vou sair daqui.

Ela soltou um suspiro fraco e seus olhos então se fecharam.

O médico estacou o passo fora do bangalô e os Hillingdon pararam com ele.

– O senhor tem certeza de que não há nada mais que eu possa fazer? – perguntou Evelyn.

– Acho que não, obrigado, sra. Hillingdon. Ela vai ficar melhor com o marido agora. Mas possivelmente amanhã... afinal de contas, ele tem este hotel para administrar... acho que alguém deveria ficar com ela.

– O senhor acha que ela poderia... tentar de novo? – perguntou Hillingdon.

Graham esfregou a testa, irritado.

– Nunca se sabe nesses casos. Na verdade, é bem improvável. Como vocês viram por si mesmos, o tratamento restaurador é extremamente desagradável. Mas é claro que nunca se pode ter certeza absoluta. Ela pode ter mais desse troço escondido em algum lugar.

– Eu nunca teria ligado a ideia de suicídio a uma jovem como Molly – disse Hillingdon.

Graham falou secamente:

– Não são as pessoas que falam o tempo todo em se matar, ameaçando cometer suicídio, as que se matam. Elas dramatizam sua condição dessa forma, desabafam.

– Molly sempre pareceu ser uma jovem tão feliz... Acho que talvez... – Evelyn hesitou – eu devesse lhe contar, dr. Graham.

Ela lhe falou, então, sobre o seu encontro com Molly na praia na noite em que Victoria havia sido morta. O rosto de Graham mostrava-se muito sério quando ela terminou.

– Fico feliz que tenha me contado, sra. Hillingdon. Existem indícios muito definidos de algum tipo de problema profundamente enraizado. Sim. Vou ter uma conversa com o marido dela pela manhã.

## III

– Precisamos conversar seriamente, Kendal, sobre a sua esposa.

Os dois estavam sentados no escritório de Tim. Evelyn Hillingdon tomara o lugar dele junto à cabeceira de Molly, e Lucky havia prometido aparecer mais tarde para, como ela definiu, "rendê-la". Miss Marple também oferecera seus préstimos. O pobre Tim encontrava-se dividido entre suas obrigações com o hotel e a condição de sua esposa.

– Não consigo entender – disse Tim. – Já não consigo entender Molly. Ela mudou. É como se fosse outra pessoa.

– Eu soube que ela anda tendo pesadelos...

– Sim. Sim, ela vem reclamando disso um bocado.

– Por quanto tempo?

– Ah, não sei. Por mais ou menos... ah, creio que um mês... talvez mais. Ela... nós... achávamos que eram apenas... bem, pesadelos, sabe.

– Sim, sim, entendo perfeitamente. Mas o que representa um sinal bem mais sério é o fato de que ela parece ter ficado com medo de alguém. Ela se queixou disso com o senhor?

– Bem, se queixou. Falou uma ou duas vezes que... ah, que pessoas estavam seguindo-a.

– Ah! Espionando-a?

– Sim, ela usou esse termo numa ocasião. Disse que eram seus inimigos, que a tinham seguido até aqui.

– Ela tinha inimigos, sr. Kendal?

– Não. É claro que não tinha.

– Nenhum incidente na Inglaterra, nada que o senhor saiba de antes do casamento?

– Não, não, nada desse tipo. Ela não se dava muito bem com sua família, era só isso. A mãe era uma mulher bastante excêntrica, com a qual devia ser difícil conviver, mas...

– Existem quaisquer sinais de desequilíbrio mental na família?

Tim abriu a boca num impulso para em seguida voltar a fechá-la. Ficou arrastando uma caneta-tinteiro na superfície da mesa diante de si.

O médico disse:

– Preciso enfatizar o fato de que seria melhor me contar, Tim, se for esse o caso.

– Bem, sim, acredito que existem. Nada sério, mas acredito que uma tia ou algo assim era um pouco biruta... Mas isso não é nada. Quero dizer... bem, a gente vê isso em quase qualquer família.

– Ah, sim, sim, é bem verdade. Não estou tentando alarmá-lo a esse respeito, mas isso poderia justamente lhe mostrar uma tendência de... bem, de ter um colapso ou imaginar coisas quando surge algo estressante.

– Na verdade, não sei grande coisa – falou Tim. – Afinal de contas, as pessoas não costumam nos entregar todas as suas histórias de família, certo?

– Não, não. É isso mesmo. Ela não teve nenhum amigo anterior... não foi noiva de alguém, alguém que pudesse tê-la ameaçado ou lhe feito ameaças enciumadas? Esse tipo de coisa?

– Não sei. Acredito que não. Molly *foi* noiva de outro homem antes de eu aparecer. Seus pais eram totalmente contra o noivado, pelo que sei, e acho que ela realmente se apegou ao rapaz mais por oposição e desafio do que qualquer outra coisa.

Ele exibiu um meio sorriso repentino.

– O senhor sabe como é quando a pessoa é jovem. Se os outros reagem com estardalhaço, isso faz a pessoa se apegar muito mais a quem quer que seja.

O dr. Graham sorriu também.

– Ah, sim, a gente vê isso com frequência. Nunca deveríamos fazer objeção aos amigos censuráveis de nossos filhos. Geralmente, os filhos se desapegam deles ao natural. Esse homem, quem quer que fosse, não fez ameaças de qualquer tipo contra Molly?

– Não, tenho certeza de que não fez. Molly teria me contado. Ela mesma disse que só tivera uma tola paixonite adolescente por dele, principalmente porque ele tinha uma péssima reputação.

– Sim, sim. Bem, não parece grave. Mas há outra coisa. Aparentemente, sua esposa teve o que ela descreve como apagões. Breves passagens de tempo durante as quais ela não faz ideia de suas ações. Sabia disso, Tim?

– Não... – Tim respondeu devagar. – Não, não sabia. Ela nunca me contou. Cheguei a notar, sabe, agora que o senhor menciona isso, que ela parecia um tanto apática de vez em quando e...

Ele fez uma pausa, pensando.

– Sim, isso explica tudo. Eu não conseguia entender como ela parecia ter esquecido as coisas mais simples, ou às vezes não parecia saber que horas eram. Eu pensei apenas que ela estivesse distraída.

– Levando tudo em consideração, Tim, é o seguinte: eu aconselho seriamente que você leve a sua esposa para consultar um bom especialista.

Tim ficou vermelho de irritação.

– O senhor quer dizer um especialista em distúrbios mentais, imagino...

– Ora, ora, não se deixe aborrecer por rótulos. Um neurologista, um psicólogo, alguém que seja especializado naquilo que o leigo chama de crises nervosas. Há um bom profissional em Kingston. Ou em Nova York, é claro. Algo está causando esses terrores nervosos da sua esposa. Algo, talvez, cuja razão ela mal conhece. Obtenha um aconselhamento para ela, Tim. Obtenha um aconselhamento tão logo possível.

Ele pousou a mão no ombro do jovem e levantou-se.

– Não há nenhuma preocupação imediata. Sua esposa tem bons amigos, e todos nós vamos ficar de olho nela.

– Ela não vai... O senhor acha que ela vai tentar de novo?

– Acho que é bastante improvável – respondeu o dr. Graham.

– Não se pode ter certeza – disse Tim.

– Nunca podemos ter certeza – falou o dr. Graham –, essa é uma das primeiras coisas que você aprende na minha profissão.

Mais uma vez, deitou a mão no ombro de Tim.

– Não se preocupe demais.

– Fácil dizer... – Tim falou enquanto o médico saía pela porta. – Não me preocupar, essa é boa! Ele acha que eu sou feito do quê?

# Capítulo 21

## Jackson discorre sobre cosméticos

– Tem certeza de que não se importa, Miss Marple? – perguntou Evelyn Hillingdon.

– Não, nem um pouco, minha querida – respondeu Miss Marple. – É um grande deleite, para mim, ser de alguma serventia. Na minha idade, sabe, a gente se sente a coisa mais inútil do mundo. Sobretudo quando estou em um lugar como este, apenas me divertindo. Nenhuma tarefa de qualquer espécie. Não, vou ficar encantada em fazer companhia para Molly. A senhora trate de seguir na sua expedição. Pelican Point, não era isso?

– Sim – disse Evelyn. – Tanto Edward quanto eu adoramos aquele lugar. Nunca me canso de ver as aves mergulhando, pegando os peixes. Tim está com Molly agora. Mas ele tem coisas para fazer e parece não gostar de deixá-la sozinha.

– Ele está mais do que certo – retrucou Miss Marple. – Eu não a deixaria, no lugar dele. Nunca se sabe, não é mesmo? Quando alguém tentou alguma coisa desse tipo... Bem, trate de ir, minha querida.

Evelyn partiu para se juntar a um pequeno grupo que estava esperando por ela: seu marido, os Dyson e três ou quatro outras pessoas. Miss Marple verificou seus utensílios de tricô, constatou que tinha consigo tudo de que precisava e saiu caminhando em direção ao bangalô dos Kendal.

Ao subir pelo alpendre, ouviu a voz de Tim pela porta de vidro entreaberta.

– Se você apenas me dissesse *por que* fez isso, Molly... O que a levou a isso? Foi algo que eu disse? Deve haver algum motivo. Se você apenas me dissesse.

Miss Marple parou. Houve uma ligeira pausa no interior do bangalô antes que Molly falasse. Sua voz se mostrava monótona e cansada.

– Não sei, Tim, eu realmente não sei. Suponho que... alguma coisa tomou conta de mim.

Miss Marple bateu na porta de vidro e entrou.

– Ah, a senhorita veio, Miss Marple. É muita bondade sua.

– Nada disso – falou Miss Marple. – Estou encantada por ser de alguma serventia. Devo me sentar aqui nesta cadeira? Você parece estar bem melhor, Molly. Fico tão contente...

– Estou bem – disse Molly. – Ótima. Só... hã, só com sono.

– Não vou falar – disse Miss Marple. – Trate apenas de repousar e descansar. Vou continuar com o meu tricô.

Tim Kendal lançou-lhe um olhar agradecido e saiu. Miss Marple instalou-se em sua cadeira.

Molly estava deitada sobre o lado esquerdo do corpo. Tinha um semblante um tanto estupefato, exausto. Falou numa voz que era quase um sussurro:

– É muito gentil de sua parte, Miss Marple. Eu... eu acho que vou dormir.

Ela endireitou o corpo sobre os travesseiros e fechou os olhos. Sua respiração tornou-se mais regular, embora ainda estivesse longe de ser normal. A longa experiência na enfermagem fez com que Miss Marple esticasse quase automaticamente o lençol e o enfiasse sob o colchão em seu lado da cama. Ao fazer isso, sua mão encontrou algo duro e retangular sob o colchão. Um tanto surpresa, agarrou o objeto e o puxou para fora. Era um livro. Miss Marple lançou um rápido olhar para a jovem na cama, mas ela estava completamente imóvel. Era evidente que dormia. Miss Marple abriu o livro. Tratava-se, ela constatou, de um trabalho recente sobre doenças nervosas. O volume abriu-se ao natural em certa passagem que fazia uma descrição do aparecimento da mania de perseguição e de várias outras manifestações da esquizofrenia e moléstias afins.

Não era um livro altamente técnico, podia ser entendido com facilidade por um leigo. O rosto de Miss Marple assumiu uma feição muito séria durante a leitura. Depois de um ou dois minutos, ela fechou o livro e ficou pensando. Então se inclinou à frente e, com algum cuidado, recolocou o volume no lugar em que o encontrara, embaixo do colchão.

Sacudiu a cabeça com certa perplexidade. Em silêncio, levantou-se da cadeira. Deu alguns passos até chegar à janela e então virou a cabeça bruscamente por cima do ombro. Os olhos de Molly estavam abertos, mas, quando Miss Marple terminou de virar a cabeça, já estavam fechados novamente. Por alguns instantes, Miss Marple não conseguiu definir ao certo se não poderia ter imaginado aquele olhar rápido e perscrutador. Será que Molly apenas fingia, então, estar adormecida? Isso poderia ser mais do que natural. Talvez temesse que Miss Marple fosse começar a conversar se ela se mostrasse acordada. Sim, podia ser só isso.

Por acaso ela estaria interpretando naquele olhar de Molly uma espécie de astúcia que era, de alguma forma, intrinsecamente desagradável? Não se pode saber, Miss Marple pensou consigo, realmente não se pode saber.

Decidiu que arranjaria uma pequena conversa com o dr. Graham tão logo isso pudesse ser arranjado. Voltou para sua cadeira junto à cama. Decidiu, passados mais ou menos cinco minutos, que Molly estava de fato adormecida. Ninguém conseguiria ter se mantido em tamanha imobilidade ou ter respirado de maneira tão uniforme. Miss Marple levantou-se de novo. Estava usando suas alpargatas hoje. Não muito elegante, talvez, mas admiravelmente adequado para o clima – e confortável e espaçoso para os pés.

Ela se deslocou suavemente ao redor do quarto, parando diante de ambas as janelas, que davam para duas direções diferentes.

O hotel parecia tranquilo e deserto. Miss Marple voltou e hesitava um pouco antes de retomar seu assento quando julgou escutar um som fraco do lado de fora. Como um sapato que raspasse o chão do alpendre? Ela vacilou por um instante; em seguida, foi até a porta de vidro, abriu-a um pouco mais, saiu e virou a cabeça para o interior do quarto enquanto falava:

– Vou me ausentar apenas por um brevíssimo momento, querida. Vou só voltar ao meu bangalô para ver em que lugar eu poderia ter deixado aquele novelo. Eu estava tão certa de que o tinha trazido comigo... Você vai ficar bem até a minha volta, não vai?

Então, virando a cabeça de novo, assentiu consigo.

– Dormindo, pobre criança. Bom sinal.

Miss Marple avançou pelo alpendre sem fazer ruído, desceu os degraus e virou direto à direita pelo caminho. Passando ali, por entre o biombo de alguns arbustos de hibisco, um observador poderia ter ficado curioso ao ver que Miss Marple desviava bruscamente para o canteiro, contornava o bangalô até a parte de trás e entrava de novo pela segunda porta. Esta conduzia diretamente a um quartinho que Tim por vezes utilizava como um escritório extraoficial e dali à sala de estar.

Na sala de estar havia amplas cortinas semicerradas para manter o aposento fresco. Miss Marple deslizou por trás de uma. Então esperou. De sua posição nessa janela, obtinha uma boa visão de qualquer pessoa que se aproximasse do quarto de Molly. Passaram-se poucos minutos, quatro ou cinco, antes que ela visse alguma coisa.

O vulto elegante de Jackson, em seu uniforme branco, subiu os degraus do alpendre. Ele parou por um minuto; então pareceu dar uma batida fraquinha e discreta na porta de vidro, que estava entreaberta. Não houve resposta que Miss Marple conseguisse ouvir. Jackson olhou em volta – um olhar rápido e furtivo – e então se meteu pelas portas abertas. Miss Marple deslocou-se até a porta que conduzia diretamente ao quarto. Não a atravessou, mas encostou seu olho na dobradiça.

Jackson havia entrado no quarto. Aproximou-se da cama e contemplou a jovem adormecida por um minuto. Então se virou e caminhou – não rumo à porta da sala de estar, mas rumo à porta do outro lado, que levava para o banheiro adjacente. As sobrancelhas de Miss Marple ergueram-se com leve surpresa. Ela refletiu por alguns instantes e, em seguida, saiu pelo corredor e entrou no banheiro pela outra porta.

Jackson, tendo examinado a prateleira sobre o lavatório, girou o corpo. Ele parecia desconcertado, o que não era surpreendente.

– Ah – ele disse. – Eu... eu não...

– Sr. Jackson – Miss Marple falou com grande surpresa.

– Achei que a senhorita estaria aqui, em algum lugar – disse Jackson.

– O senhor deseja alguma coisa? – indagou Miss Marple.

– Na verdade – disse Jackson –, eu só estava olhando a marca de creme facial da sra. Kendal.

Miss Marple apreciou o fato de que Jackson, tendo na mão um pote de creme facial, havia sido ágil em mencionar o fato de pronto.

– Cheiro gostoso – ele disse, franzindo o nariz. – Qualidade bem razoável para um preparado desses. As marcas mais baratas não servem para todas as peles. Chance bem alta de provocar alergias. A mesma coisa com o pó de arroz, às vezes.

– O senhor parece muito bem informado sobre o assunto – disse Miss Marple.

– Trabalhei na indústria farmacêutica por algum tempo – Jackson retrucou. – A gente aprende um bocado sobre cosméticos nessa área. Coloque o troço num frasco sofisticado, empacote-o dispendiosamente, e é espantoso como você consegue lograr as mulheres.

– É isso que o senhor...? – Miss Marple se interrompeu deliberadamente.

– Bem, não, eu não vim aqui para falar de cosméticos – Jackson concordou.

"Não teve muito tempo para elaborar uma mentira", Miss Marple pensou consigo. "Vejamos o que o senhor vai inventar."

– Para falar a verdade – disse Jackson –, a sra. Walters emprestou seu batom à sra. Kendal outro dia. Vim pegá-lo de volta para ela. Bati na janela e aí vi que a sra. Kendal estava dormindo, então pensei que não haveria problema nenhum se eu apenas atravessasse até o banheiro e procurasse o batom.

– Certo – falou Miss Marple. – E o encontrou?

Jackson balançou a cabeça.

– Deve estar numa de suas bolsas – ele respondeu despreocupadamente. – Não vou incomodá-la. A sra. Walters não fez questão. Só mencionou o fato ao acaso.

Ele continuou, enquanto examinava os produtos de banheiro:

– A sra. Kendal não tem muita coisa, não é mesmo? Ah, bem, não precisa de nada em sua idade. Pele naturalmente boa.

– O senhor deve enxergar as mulheres com um olhar bastante diferenciado em relação aos homens comuns – Miss Marple afirmou com um sorriso afável.

– É. Creio que trabalhos variados alteram mesmo a nossa perspectiva.

– O senhor entende bastante de medicamentos?

– Ah, é claro. Uma familiaridade muito útil. Se quiser saber, existem medicamentos demais hoje em dia. Tranquilizantes demais e pílulas estimulantes e remédios milagrosos e tudo mais. Ótimo quando nos dão por receita médica, mas existem medicamentos demais que você pode obter sem receita. Alguns deles podem ser perigosos.

– Creio que sim – disse Miss Marple. – Creio que sim.

– Eles exercem um grande efeito, sabe, sobre o comportamento. Grande parte dessa histeria adolescente que a gente vê de tempos em tempos... Não são causas naturais. Os garotos andaram tomando coisas. Ah, não há nada de novo nisso. É sabido há séculos. No Oriente... não que eu já tenha estado lá... todos os tipos de coisas engraçadas costumavam acontecer. A senhorita ficaria surpresa com algumas das coisas que as mulheres davam para seus maridos. Na Índia, por exemplo, nos péssimos tempos antigos, uma jovem que se casava com um marido velho... Não ia querer se livrar dele, suponho, porque seria queimada na pira funerária, ou, se não fosse queimada, seria tratada como pária pela família. Nenhum proveito em ser uma viúva na Índia naquela época. Mas ela poderia manter um marido idoso drogado, torná-lo meio imbecil, lhe provocar alucinações, deixá-lo mais ou menos fora de si.

Jackson sacudiu a cabeça:

– Sim, muito trabalho sujo.

Ele prosseguiu:

– E bruxas... Há um monte de coisas interessantes que são conhecidas agora sobre bruxas. Por que motivo elas sempre confessavam, por que motivo admitiam tão prontamente que eram bruxas, que haviam voado em vassouras para o Sabá das Bruxas.

– Tortura – Miss Marple disse.

– Nem sempre – retrucou Jackson. – A tortura, sem dúvida, era responsável por grande parte, mas elas se saíam com algumas dessas confissões quase antes de qualquer tortura ser mencionada. Nem tanto confessavam quanto se vangloriavam a respeito. Bem, elas esfregavam unguentos no corpo, sabe... Chamavam isso de unção. Alguns dos preparados, beladona, atropina, esse tipo de coisa, se você os esfregasse na pele eles lhe davam alucinações de levitação, de voar pelo ar. As pobres coitadas pensavam que tudo era genuíno. E veja os Assassinos... um povo medieval, na Síria, no Líbano, em algum lugar desses. Faziam os homens ingerir cânhamo indiano, então lhes provocavam alucinações do paraíso, das huris, do tempo infinito. Falavam que isso era o que aconteceria com eles após a morte, mas, para alcançar esse paraíso, precisavam fazer uma matança ritual. Ah, não estou usando uma linguagem sofisticada, mas em resumo era isso.

– O resumo – disse Miss Marple – é o fato de que, no fundo, as pessoas são extremamente crédulas.

– Bem, é, acho que podemos dizer assim.

– Elas acreditam no que ouvem – falou Miss Marple. – Sim, de fato, todos nós temos essa inclinação – acrescentou.

Então perguntou bruscamente:

– Quem lhe contou essas histórias sobre a Índia, sobre a dopagem de maridos com datura?

E acrescentou bruscamente, antes que ele pudesse responder:

– Foi o major Palgrave?

Jackson parecia um pouco surpreso.

– Bem... sim, para falar a verdade, foi. Ele me contou muitas histórias como essa. A maior parte deve ter sido antes da época dele, mas o major parecia saber tudo a respeito.

– O major Palgrave vivia sob a impressão de que sabia muito sobre tudo – disse Miss Marple. – Ele era muitas vezes impreciso no que contava às pessoas.

Miss Marple sacudiu a cabeça pensativamente.

– O major Palgrave – ela falou – tem uma grande responsabilidade.

Um som fraco veio do quarto adjacente. Miss Marple virou a cabeça num gesto brusco. Deslocou-se rapidamente do banheiro para o quarto. Lucky Dyson estava parada do lado de dentro, junto à porta de vidro.

– Eu... ah, pensei que não estivesse aqui, Miss Marple.

– Apenas entrei no banheiro por um momento – Miss Marple retrucou com dignidade e um leve ar vitoriano de reserva.

No banheiro, Jackson abriu um largo sorriso. O recato vitoriano sempre o divertia.

– Eu só queria saber se a senhorita gostaria que eu ficasse um pouco com Molly – Lucky falou.

Lançou um olhar na direção da cama.

– Ela está dormindo, não está?

– Acho que sim – disse Miss Marple. – Mas realmente não há problema nenhum. Trate de se divertir, minha querida. Achei que tivesse ido naquela expedição...

– Eu estava indo – falou Lucky –, mas tive uma dor de cabeça tão horrorosa que, no último momento, desisti. Então pensei que poderia muito bem me fazer útil.

– É uma bondade da sua parte... – disse Miss Marple.

Ela voltou a se sentar junto à cama e retomou seu tricô.

– Mas estou *bem* feliz aqui.

Lucky hesitou por alguns instantes e, em seguida, deu as costas e saiu.

Miss Marple esperou um momento e então, na ponta dos pés, voltou para o banheiro, mas Jackson partira, sem dúvida pela outra porta. Miss Marple pegou o pote de creme facial que ele estivera segurando e colocou-o no bolso.

## Capítulo 22

# Um homem na vida dela?

Obter uma conversa de maneira natural com o dr. Graham não foi tão fácil quanto Miss Marple havia esperado. Ela desejava particularmente não abordá-lo de modo direto, uma vez que não queria conferir importância às perguntas que lhe faria.

Tim havia voltado para cuidar de Molly, e Miss Marple combinara que o substituiria na função durante o tempo em que o jantar estivesse servido e a presença dele fosse necessária no salão de jantar. Tim assegurou-lhe que a sra. Dyson assumiria o encargo de bom grado, ou até mesmo a sra. Hillingdon, mas Miss Marple afirmou com firmeza que ambas eram jovens que gostavam de se divertir e que ela mesma preferia uma refeição leve no início da noite, de modo que todas ficariam satisfeitas. Tim mais uma vez agradeceu-lhe calorosamente. Pairando com bastante incerteza em volta do hotel e na trilha que o ligava aos vários bangalôs, entre eles o do dr. Graham, Miss Marple tentou planejar o que faria a seguir.

Ela tinha diversas ideias confusas e contraditórias em sua cabeça e, se havia uma coisa de que Miss Marple não gostava, era de ter ideias confusas e contraditórias. O negócio todo havia começado com clareza suficiente: com o major Palgrave e sua lamentável capacidade para contar histórias, sua indiscrição que obviamente acabara sendo ouvida e o corolário – sua morte dentro de 24 horas. Nada difícil *nesse* aspecto, Miss Marple pensou.

Mas depois, precisava admitir, não havia nada *senão* dificuldade. Tudo apontava para inúmeras direções diferentes ao mesmo tempo. Tendo admitido que você não acreditava em uma única palavra que alguém tivesse lhe dito, que ninguém era confiável e que muitas das pessoas com quem havia conversado ali tinham semelhanças lamentáveis com certas pessoas de St. Mary Mead, onde você ia parar?

Sua mente estava cada vez mais focada na vítima. Alguém seria morto, e ela tinha uma crescente sensação de que deveria saber muito bem quem era esse alguém. Houvera *algo*. Algo que ela escutara? Notara? Vira?

Algo que alguém lhe dissera e que tinha relação com o caso. Joan Prescott? Joan Prescott dissera diversas coisas a respeito de diversas pessoas. Escândalo? Fofoca? O que *dissera* Joan Prescott exatamente?

Gregory Dyson, Lucky – a mente de Miss Marple pairou acima de Lucky. Miss Marple estava convencida por uma certeza nascida de suas suspeitas naturais de que Lucky havia se mostrado ativamente envolvida na morte da primeira esposa de Gregory Dyson. Tudo apontava para isso. Seria possível que a vítima predestinada sobre a qual ela estava se inquietando fosse Gregory Dyson? Que Lucky pretendesse tentar a sorte novamente com outro marido e que por isso desejasse não só a liberdade, mas também a formidável herança que ganharia como viúva de Gregory Dyson?

– Na verdade – Miss Marple falou consigo –, tudo isso é pura conjectura. Estou sendo estúpida. Sei que estou sendo estúpida. A verdade deve ser bem simples, se você pudesse apenas desfazer a bagunça... Excesso de bagunça, esse é o problema.

– Conversando sozinha? – perguntou o sr. Rafiel.

Miss Marple teve um sobressalto. Não percebera sua chegada. Esther Walters o amparava, e ele avançava lentamente de seu bangalô para o terraço.

– Eu realmente não os notei, sr. Rafiel.

– Seus lábios estavam se mexendo. O que houve com toda aquela urgência sua?

– Ainda é urgente – disse Miss Marple –, só que não consigo enxergar o que decerto é perfeitamente claro...

– Fico contente que seja tão simples assim... Bem, se precisar de alguma ajuda, conte comigo.

O sr. Rafiel virou a cabeça enquanto Jackson se aproximava pela trilha.

– Então aí está você, Jackson. Onde diabos você estava? Nunca está por perto quando preciso de você.

– Perdão, sr. Rafiel.

Com destreza, Jackson enfiou seu ombro por baixo do ombro do sr. Rafiel.

– Vamos para o terraço, senhor?

– Você pode me levar para o bar – retrucou o sr. Rafiel. – Pois bem, Esther, você já pode ir colocar o seu traje de noite. Encontre-me no terraço em meia hora.

Ele e Jackson partiram juntos. A sra. Walters ocupou a cadeira ao lado de Miss Marple. Esfregou o braço de leve.

– Ele *parece* um peso-pena – comentou –, mas, no momento, meu braço está dormente. Não a vi durante a tarde toda, Miss Marple.

– Não, estava fazendo companhia para Molly Kendal – explicou Miss Marple. – Ela parece de fato bem melhor.

– Se quiser saber, nunca houve nada de muito errado com ela – falou Esther Walters.

Miss Marple ergueu as sobrancelhas. O tom de Esther Walters tinha sido decididamente seco.

– Está querendo dizer... a senhora acha que sua tentativa de suicídio...

– Não creio que *tenha* ocorrido qualquer tentativa de suicídio – afirmou Esther Walters. – Não acredito nem por um segundo que ela tenha tomado de fato uma overdose e acho que o dr. Graham sabe disso perfeitamente bem.

– Agora a senhora conseguiu atrair totalmente o meu interesse – falou Miss Marple. – Fico intrigada: por que diz isso?

– Porque estou quase certa de que é esse o caso. Ah, é algo que acontece com muita frequência... É uma maneira, suponho, de a pessoa chamar atenção para si – continuou Esther Walters.

– "Vão se arrepender quando eu tiver morrido"? – citou Miss Marple.

– Esse tipo de coisa – concordou Esther Walters –, embora eu não acredite que tenha sido esse o motivo neste caso específico. Esse é o tipo de coisa que você sente quando seu marido está enganando você só que você ainda está perdidamente apaixonada por ele.

– A senhora acha que Molly Kendal não gosta do marido?

– Bem – retrucou Esther Walters –, a senhorita acha que ela gosta?

Miss Marple ponderou.

– Eu mais ou menos – ela disse – deduzi isso.

Ela fez uma breve pausa antes de acrescentar:

– Talvez de forma errada.

Esther estava sorrindo seu sorriso um tanto irônico.

– Eu fiquei sabendo um pouco sobre ela, sabe... Sobre o negócio todo.

– Através da srta. Prescott?

– Ah – retrucou Esther –, de uma ou outra pessoa. Há um homem na história. Certo sujeito por quem ela estava interessada. Os familiares dela se opunham com todas as forças.

– Sim – falou Miss Marple –, eu cheguei a ouvir isso.

– E aí ela se casou com Tim. Talvez gostasse dele de certa forma. Mas o outro homem não desistiu. Eu até me perguntei, uma ou duas vezes, se ele não chegou de fato a segui-la para cá.

– Pois é. Mas... quem?

– Eu não faço a menor ideia – respondeu Esther – e imagino que tenham sido muito cuidadosos.

– A senhora acha que ela gosta desse outro homem?

Esther deu de ombros.

– Atrevo-me a dizer que ele não é flor que se cheire – ela disse –, mas esse é muitas vezes o tipo que sabe como enfeitiçar uma mulher e mantê-la enfeitiçada.

– A senhora não chegou a saber que tipo de homem... o que ele fazia... algo assim?

Esther balançou a cabeça.

– Não. As pessoas arriscam palpites, mas não podemos nos guiar por esse tipo de coisa. Pode ter sido um homem casado. Pode ter sido por isso que os familiares dela não gostavam do sujeito, ou pode ser que ele realmente não fosse flor que se cheire. Talvez ele bebesse. Talvez ele estivesse encrencado com a lei. Não sei. Mas ela gosta dele ainda. Isso eu sei categoricamente.

– A senhora viu algo, ouviu algo? – Miss Marple arriscou.

– Eu sei o que estou falando – disse Esther; sua voz era dura e hostil.

– Esses assassinatos... – começou Miss Marple.

– A senhorita não pode esquecer os assassinatos? – perguntou Esther. – Agora o sr. Rafiel está todo emaranhado neles. A senhorita não pode simplesmente... deixá-los em paz? Nunca irá descobrir nada mais, eu tenho certeza disso.

Miss Marple olhou para ela.

– A senhora acha que sabe, não é mesmo? – perguntou.

– Acho que sei, sim. Estou razoavelmente segura.

– Então não deveria dizer o que sabe... fazer algo a respeito?

– Por que deveria? Que bem isso traria? Eu não conseguiria provar nada. O que aconteceria de qualquer maneira? As pessoas ficam impunes hoje em dia com tanta facilidade... Chamam isso de responsabilidade atenuada, e assim por diante. Alguns anos de prisão e a pessoa está livre de novo, pronta para outra.

– E se, por causa da sua opção por não contar o que sabe, mais alguém for assassinado? Mais uma vítima?

Esther sacudiu a cabeça com confiança.

– Isso não vai acontecer – ela disse.

– A senhora não pode ter certeza disso.

– Tenho certeza. E, em todo caso, não vejo quem... – ela franziu a testa. – De qualquer forma – acrescentou, em um tom quase inconsequente –, talvez *seja*... responsabilidade atenuada. Talvez não se possa evitar... não se a pessoa for mesmo mentalmente desequilibrada. Ah, não sei. A melhor coisa, de longe, seria ela sumir com quem quer que seja, e aí nós poderíamos esquecer tudo.

Ela conferiu seu relógio, soltou uma exclamação consternada e levantou-se.

– Preciso ir trocar de roupa.

Miss Marple ficou observando seu afastamento. Os pronomes, ela pensou, eram sempre enigmáticos, e mulheres como Esther Walters eram particularmente propensas a disseminá-los ao acaso. Estaria Esther Walters, por algum motivo, convencida de que uma *mulher* tinha sido responsável pelas mortes do major Palgrave e de Victoria? Era o que parecia.

Miss Marple ponderou.

– Ah, Miss Marple, sentada aqui sozinha... e nem mesmo tricotando?

Era o dr. Graham, que ela procurara por tanto tempo e sem obter o menor sucesso. E ali estava ele, disposto por vontade própria a sentar-se para alguns minutos de bate-papo. Não permaneceria por muito tempo, Miss Marple pensou, pois também estava empenhado em trocar de roupa para o jantar, e geralmente jantava bastante cedo. Ela explicou que ficara sentada junto ao leito de Molly Kendal naquela tarde.

– Mal se pode acreditar que ela tenha tido uma recuperação tão boa com tamanha rapidez – ela falou.

– Ah, bem – disse o dr. Graham –, não é muito surpreendente. Ela não tomou uma overdose muito forte, sabe...

– Ah, eu tinha entendido que ela tomara praticamente um meio frasco cheio de comprimidos.

O dr. Graham sorria com indulgência.

– Não – ele disse –, não creio que ela tenha tomado essa quantidade. Ouso dizer que sua pretensão era essa e depois, provavelmente no último instante, jogou a metade fora. As pessoas, mesmo quando pensam que querem cometer suicídio, muitas vezes, *na verdade*, não desejam morrer. Dão um jeito de não tomar uma overdose efetiva. Nem sempre é um truque deliberado, é apenas o subconsciente cuidando de si.

– Ou, suponho eu, poderia ser algo deliberado. Quero dizer, desejando fazer parecer que... – Miss Marple fez uma pausa.

– É possível – disse o dr. Graham.

– Se ela e Tim tivessem brigado, por exemplo...

– Os dois não costumam brigar, sabe... Parecem gostar muito um do outro. Mesmo assim, acho que sempre pode acontecer. Não, não creio que ela esteja muito mal por agora. Ela realmente poderia se levantar e sair por aí como de costume. Mesmo assim, é mais seguro mantê-la onde está por um ou dois dias...

Ele se levantou, assentiu jovialmente com a cabeça e partiu na direção do hotel. Miss Marple permaneceu por mais algum tempo em seu assento.

Vários pensamentos passavam por sua mente. O livro sob o colchão de Molly – O modo como Molly fingira estar dormindo...

Coisas que Joan Prescott e, depois, Esther Walters haviam dito...

E então ela voltou para o começo de tudo – para o major Palgrave...

Algo se debatia em sua mente. Algo sobre o major Palgrave...

Algo que se ela ao menos conseguisse lembrar...

## Capítulo 23

# O último dia

### I

"*E a noite e a manhã foram o último dia*", Miss Marple disse consigo.

Então, ligeiramente confusa, voltou a se endireitar na cadeira. Ela cochilara, um feito incrível, porque a banda de tambores estava tocando, e alguém que conseguia cochilar durante a banda de tambores... Bem, isso mostrava, Miss Marple pensou, que ela estava se acostumando àquele lugar! O que era mesmo que ela estava dizendo? Certa citação que ela errou. Último dia? *Primeiro* dia. Isso é o que deveria ser. Aquele não era o primeiro dia. Presumivelmente, não era o último dia tampouco.

Miss Marple voltou a se endireitar. O fato era que ela estava extremamente cansada. Toda aquela ansiedade, aquela sensação de ter se mostrado vergonhosamente inadequada de alguma forma... Recordou desagradavelmente, mais uma vez, o estranho olhar astuto que Molly lhe lançara sob as pálpebras semicerradas. O que andara se passando na cabeça daquela jovem? Quão diferente, pensou Miss Marple, tudo parecera no início... Tim Kendal e Molly, um jovem casal tão feliz e espontâneo. Os Hillingdon, tão afáveis, tão educados, tão o que se chama de gente "simpática"... O alegre, enérgico e extrovertido Greg Dyson, a estridente e alegre Lucky, falando pelos cotovelos, satisfeita consigo mesma e com o mundo... Um quarteto de pessoas que se davam tão bem juntas.

O cônego Prescott, aquele homem cordial e bondoso. Joan Prescott, alguma veia ácida nela, mas uma mulher muito simpática, e as mulheres simpáticas precisam ter suas distrações mexeriqueiras. Precisam saber o que está acontecendo, saber quando dois e dois são quatro, e quando é possível esticar a soma para cinco! Não havia nenhum mal em tais mulheres. Suas línguas eram afiadas, mas elas eram gentis com você se você estivesse num contratempo. O sr. Rafiel, uma personalidade, um homem de caráter, um homem que você jamais conseguiria esquecer... Mas Miss Marple julgava saber algo mais a respeito do sr. Rafiel.

O sr. Rafiel já havia sido desenganado pelos médicos várias vezes, era o que ele afirmava, mas desta vez, ela pensou, os médicos haviam sido mais firmes em seus pronunciamentos. Ele sabia que seus dias estavam contados.

Sabendo disso com certeza, haveria qualquer ação que ele poderia ter sido propenso a tomar?

Miss Marple considerou a questão.

Poderia, pensou, ser importante.

O que foi exatamente que ele dissera, com a voz um pouco alta demais, um pouco seguro demais? Miss Marple era muito hábil com tons de voz. Escutara tanto em sua vida... O sr. Rafiel andara lhe dizendo algo que não era verdade.

Miss Marple olhou em volta. O ar noturno, o suave perfume das flores, as mesas com suas pequenas luzes, as mulheres com seus vestidos bonitos, Evelyn num índigo escuro com estampa branca. Lucky num branco justo, seu cabelo dourado brilhando. Todos pareciam alegres e cheios de vida nessa noite. Até Tim Kendal estava sorrindo. Ele passou por sua mesa e disse:

– Não posso lhe agradecer o bastante por tudo o que fez. Molly está praticamente recuperada. O médico disse que ela pode sair da cama amanhã.

Miss Marple sorriu para Tim e disse que era uma boa notícia. Teve de fazer, no entanto, um esforço e tanto para sorrir. Decididamente, ela estava cansada...

Ela se levantou e caminhou lentamente de volta para o seu bangalô. Teria gostado de continuar pensando, quebrando a cabeça, tentando lembrar, tentando montar vários fatos e palavras e olhares. Mas não foi capaz de fazê-lo. A mente cansada se rebelava e dizia: "Dormir! Você precisa dormir!".

Miss Marple despiu-se, deitou-se, leu alguns versos de Tomás de Kempis que mantinha ao lado da cama e então apagou a luz. No escuro, fez uma oração. Uma pessoa não pode fazer tudo sozinha. Era preciso ter ajuda.

– Nada vai acontecer hoje à noite – murmurou, esperançosa.

## II

Miss Marple despertou de súbito e sentou-se na cama. Seu coração estava acelerado. Ela acendeu a luz e conferiu o pequeno relógio ao lado da cama. Duas da manhã. Duas da manhã e, do lado de fora, desenrolava-se alguma atividade. Ela se levantou, vestiu o roupão e calçou os chinelos, colocou um cachecol de lã em volta da cabeça e saiu para fazer um reconhecimento. Havia pessoas andando com tochas. Miss Marple viu entre as pessoas o cônego Prescott e foi até ele.

– O que está acontecendo?

– Ah, Miss Marple! É a sra. Kendal. O marido acordou e constatou que ela tinha saído da cama e do bangalô. Estamos procurando por ela.

O cônego seguiu em frente, apressado. Miss Marple foi caminhando com passos mais lentos atrás dele. Para onde Molly tinha ido? Por quê? Por acaso havia planejado isso deliberadamente, planejado escapar assim que sua guarda relaxasse, e enquanto seu marido estivesse dormindo um sono profundo? Miss Marple achou que era provável. Mas por quê? Qual era o motivo? Havia, como Esther Walters sugerira com tanta firmeza, outro homem? Se houvesse, quem poderia ser esse homem? Ou existiria algum motivo mais sinistro?

Miss Marple seguiu andando, olhando em volta, espiando embaixo de arbustos. Então, de repente, ouviu um débil grito:

– Aqui... Por aqui...

O grito viera de um ponto ligeiramente distante além dos limites do hotel. Por certo viera, Miss Marple pensou, das proximidades do riacho que desaguava no mar. Ela seguiu nessa direção tão depressa quanto pôde.

Na verdade, não havia tanta gente procurando como lhe parecera a princípio. A maioria das pessoas ainda devia estar dormindo em seus bangalôs. Miss Marple avistou um ponto na margem do riacho onde havia pessoas paradas. Alguém esbarrou nela de passagem, quase derrubando-a, correndo naquela direção. Era Tim Kendal. Uns dois minutos depois, ela ouviu a voz dele gritando:

– Molly! Meu Deus, Molly!

Passaram-se mais uns dois minutos antes de Miss Marple conseguir se juntar ao pequeno grupo. Este consistia de um dos garçons cubanos, Evelyn Hillingdon e duas das jovens nativas. Eles haviam aberto caminho para deixar Tim passar. Miss Marple chegou enquanto ele se curvava para olhar.

– Molly...

Ele caiu de joelhos devagar. Miss Marple viu com clareza o corpo da jovem, estendido no riacho, o rosto abaixo do nível da água, seu cabelo dourado espalhado sobre o xale bordado verde-claro que lhe cobria os ombros. Com as folhas e os juncos do riacho, aquilo quase lembrava uma cena de *Hamlet*, com Molly como a Ofélia morta...

Enquanto Tim estendia a mão para tocá-la, Miss Marple, em sua tranquila sensatez, assumiu o comando e falou de modo brusco e com autoridade:

– Deixe o corpo dela como está, sr. Kendal. O corpo não deve ser movido.

Tim voltou-lhe um rosto aturdido.

– Mas... eu preciso... é Molly. Eu preciso...

Evelyn Hillingdon tocou seu ombro.

– Ela está morta, Tim. Não movi o corpo, mas tomei o pulso dela.

– Morta? – Tim retrucou incrédulo. – Morta? Você quer dizer que ela... se *afogou*?

– Receio que sim. É o que parece.

– Mas *por quê*? – um forte grito irrompeu do jovem. – *Por quê?* Ela estava tão feliz nessa noite... Falando sobre o que faríamos amanhã... Por que motivo esse terrível desejo de morte teria tomado conta dela de novo? Por que motivo ela teria escapado furtivamente desse jeito... se precipitando noite adentro, vindo aqui para se afogar? Que espécie de desespero ela teve... que sofrimento? Por que não pôde me *dizer* alguma coisa?

– Eu não sei, meu querido – Evelyn falou delicadamente. – Eu não sei.

Miss Marple disse:

– Seria melhor alguém chamar o dr. Graham. E alguém terá de telefonar à polícia.

– Polícia? – Tim soltou uma risada amarga. – A polícia vai servir para quê?

– A polícia precisa ser comunicada em caso de suicídio – afirmou Miss Marple.

Tim colocou-se de pé devagar.

– Vou chamar Graham – falou em tom sombrio. – Talvez... até mesmo agora... ele pudesse... fazer alguma coisa.

Ele se foi aos tropeços em direção ao hotel.

Evelyn Hillingdon e Miss Marple ficaram lado a lado, contemplando a jovem morta.

Evelyn balançou a cabeça.

– É tarde demais. Ela já está bem fria. Deve estar morta faz no mínimo uma hora, talvez mais. Que tragédia isso tudo... Esses dois pareciam tão felizes... Acho que ela sempre foi desequilibrada.

– Não – disse Miss Marple. – Não creio que ela fosse desequilibrada.

Evelyn encarou-a com curiosidade.

– Como assim?

A lua estivera escondida por trás de uma nuvem, mas agora havia se descortinado – resplandeceu com um brilho prateado e luminoso no cabelo espalhado de Molly...

Miss Marple soltou uma exclamação repentina. Ela se abaixou para olhar mais de perto; então esticou a mão e tocou a cabeça dourada. Falou a Evelyn Hillingdon – e sua voz soava bem diferente:

– Acho que seria melhor nós termos certeza.

Evelyn Hillingdon olhou para ela com assombro.

– Mas a senhorita acabou de dizer a Tim que não devíamos tocar em nada...

– Eu sei. Mas a lua não havia aparecido. Eu não tinha visto...

Seu dedo apontou. Então, com muita delicadeza, ela tocou o cabelo louro e o separou de modo que as raízes ficassem expostas...

Evelyn soltou um grito agudo.

– *Lucky*!

E depois de um momento ela repetiu:

– Não é Molly... é Lucky.

Miss Marple assentiu com a cabeça.

– O cabelo delas era praticamente da mesma cor... mas o dela, é evidente, era escuro na raiz porque era tingido.

– Mas ela está usando o xale de Molly!

– Ela o admirava. Cheguei a ouvi-la dizendo que compraria um igual. Evidentemente, comprou.

– Então é por isso que nós... nos enganamos... – Evelyn se interrompeu ao constatar que os olhos de Miss Marple a observavam.

– Alguém – disse Miss Marple – terá de contar ao marido dela.

Houve um momento de silêncio. Então Evelyn falou:

– Está bem. Eu conto.

Ela se virou e saiu caminhando por entre as palmeiras.

Miss Marple permaneceu imóvel por um momento; então virou bem de leve a cabeça e disse:

– Pois não, coronel Hillingdon?

Edward Hillingdon saiu de baixo das árvores atrás dela para se posicionar a seu lado.

– A senhorita sabia que eu estava ali?

– Eu vi a sua sombra – retrucou Miss Marple.

Os dois ficaram em silêncio por alguns instantes.

Ele disse, mais como se estivesse falando sozinho:

– Então, no fim, ela foi longe demais arriscando sua sorte...

– O senhor está, imagino, contente por ela estar morta?

– E isso a deixa chocada? Bem, não vou negar. Estou contente por ela estar morta.

– A morte é muitas vezes uma solução para os problemas.

Edward Hillingdon virou a cabeça devagar. Miss Marple enfrentou seu olhar com calma e firmeza.

– Se a senhorita pensa... – ele deu um passo ríspido na direção dela.

Havia uma repentina ameaça em seu tom.

Miss Marple falou com tranquilidade:

– Sua esposa estará de volta com o sr. Dyson a qualquer instante. Ou o sr. Kendal voltará com o dr. Graham.

Edward Hillingdon relaxou. Virou-se para contemplar a mulher morta.

Miss Marple escapou silenciosamente. Logo depois, seu ritmo acelerou.

Pouco antes de chegar a seu bangalô, fez uma parada. Ali ela ficara sentada naquele dia, conversando com o major Palgrave. Ali ele remexera sua carteira, procurando a fotografia de um assassino...

Lembrou-se de como ele levantara o rosto e de como seu semblante ficara roxo e vermelho... "Tão feio", como havia dito Señora de Caspearo. "Ele tem o Mau-Olhado".

O Mau-Olhado... Olho... *Olho*...

## Capítulo 24

# Nêmesis

### I

Quaisquer que fossem os alarmes e as excursões da noite, o sr. Rafiel não os escutara.

Estava dormindo profundamente em sua cama, um ronco débil e fino saindo de suas narinas, quando foi agarrado pelos ombros e sacudido com violência.

– Ei... o quê?... que diabos é isso…?

– É eu – disse Miss Marple, permitindo-se uma liberdade gramatical –, se bem que eu deveria usar uma denominação um pouco mais forte. Os gregos, acredito, tinham uma palavra para isso. Nêmesis, se não estou enganada.

O sr. Rafiel ergueu-se sobre os travesseiros até onde pôde. Encarou-a. Miss Marple, ali de pé sob o luar, com a cabeça envolta num fofo cachecol de lã rosa-pálido, parecia tão diferente de uma representação de Nêmesis quanto era possível imaginar.

– Então você é Nêmesis, é? – o sr. Rafiel falou após uma pausa momentânea.

– Espero ser... com a sua ajuda.

– Você se importaria de me dizer com bastante clareza do que está falando desse jeito no meio da noite?

– Acho que talvez tenhamos de agir depressa. Muito depressa. Fui tola. Extremamente tola. Eu devia ter me dado conta desde o primeiro instante do que tudo significava. Era tão simples...

– O que era simples? Do que você está falando?

– O senhor dormiu durante muita coisa – Miss Marple falou. – Um corpo foi encontrado. Pensamos a princípio que fosse o corpo de Molly Kendal. Não era, era de Lucky Dyson. Afogada no riacho.

– Lucky, é? – disse o sr. Rafiel. – E afogada? No riacho. Será que ela se afogou ou alguém a afogou?

– Alguém afogou-a – respondeu Miss Marple.

– Entendi. Ao menos acho que entendi. Isso é o que você quer dizer afirmando que é tão simples, não? Greg Dyson sempre era a primeira possibilidade e foi ele mesmo. É isso? Isso é o que você está pensando? E o que você teme é que ele possa se safar.

Miss Marple respirou fundo.

– Sr. Rafiel, queira confiar em mim. Precisamos impedir que um assassinato seja cometido.

– Você não disse que *tinha* sido cometido?

– Esse assassinato foi cometido por erro. Outro assassinato pode ser cometido a qualquer momento. Não há tempo a perder. Devemos evitar que isso aconteça. Devemos agir o quanto antes.

– Falar assim é muito fácil – disse o sr. Rafiel. – *Nós*, você diz? O que você acha que *eu* posso fazer a respeito? Não consigo nem mesmo andar sem ajuda. Como é que você e eu vamos poder sair por aí impedindo um assassinato? Você tem uns cem anos, e eu sou um velho alquebrado.

– Eu estava pensando em Jackson – Miss Marple retrucou. – Jackson faria qualquer coisa que o senhor lhe pedisse, não?

– Faria, sem dúvida – disse o sr. Rafiel –, sobretudo se eu acrescentar que lhe farei valer a pena. Isso é o que você quer?

– Sim. Peça-lhe para seguir comigo e para obedecer a quaisquer ordens que eu lhe der.

O sr. Rafiel encarou-a por cerca de seis segundos. Então falou:

– Feito. Imagino que eu esteja assumindo o maior risco da minha vida. Bem, não será o primeiro.

Ele levantou a voz:

– Jackson.

Ao mesmo tempo, pegou a campainha elétrica que ficava ao lado de sua mão e apertou o botão.

Mal se passaram trinta segundos até Jackson aparecer pela porta que se comunicava com o recinto adjacente.

– Tocou a campainha, senhor? Algum problema...? – ele se interrompeu, encarando Miss Marple.

– Pois bem, Jackson, faça o que eu digo. Você vai acompanhar esta dama, Miss Marple. Você irá para onde ela o levar e fará exatamente o que ela pedir. Você vai obedecer a qualquer ordem que ela lhe der. Entendido?

– Eu...

– *Entendido?*

– Sim, senhor.

– E fazendo isso – continuou o sr. Rafiel –, você não sairá perdendo. Vou fazer valer a pena.

– Obrigado, senhor.

– Venha, sr. Jackson – disse Miss Marple.

Ela falou por sobre o ombro para o sr. Rafiel:

– No caminho, pediremos à sra. Walters que venha ao seu encontro. Faça com que ela o tire da cama e o leve junto.

– Me leve junto para onde?

– Para o bangalô dos Kendal – respondeu Miss Marple. – Acho que Molly vai voltar para lá.

## II

Molly avançava pela trilha que vinha do mar. Seus olhos estavam fixados num ponto à frente. Ocasionalmente, soltava um gemido baixinho...

Ela subiu os degraus do alpendre e parou por um momento; então abriu a porta de vidro e entrou no quarto. As luzes estavam acesas, mas o quarto estava vazio. Molly foi até a cama e se sentou. Ficou sentada por alguns minutos, de quando em quando passando a mão na cabeça e franzindo a testa.

Em seguida, depois de lançar um olhar furtivo em volta, enfiou a mão por baixo do colchão e tirou o livro que estava escondido ali. Inclinou-se sobre o livro, virando as páginas para encontrar o que queria.

Então levantou a cabeça – vinha de fora um som de passos em corrida. Com um movimento rápido e culpado, colocou o livro atrás das costas.

Tim Kendal entrou, sem fôlego e arquejante, e deu um grande suspiro de alívio ao vê-la.

– Graças a Deus. Por onde você andava, Molly? Fiquei procurando você em todos os cantos.

– Eu fui até o riacho.

– Você foi... – ele parou.

– Sim, eu fui até o riacho. Mas não pude esperar lá. Não pude. Tinha alguém na água... e ela estava morta.

– Você quer dizer... Eu pensei que era *você*, sabia? Acabei de descobrir que era Lucky.

– Eu não a matei. De verdade, Tim, eu não a matei. Tenho certeza disso. Quero dizer... eu me lembraria se tivesse feito isso, não é?

Tim afundou lentamente na extremidade da cama.

– Você não... você tem certeza de que...? Não. Não, é claro que você não a matou! – ele estava praticamente gritando as palavras. – Não comece a pensar desse jeito,

Molly. Lucky se afogou. É óbvio que ela se afogou de propósito. Hillingdon não queria mais nada com ela. Lucky foi lá se deitar com o rosto na água...

– Lucky não faria isso. Ela nunca faria isso. Mas *eu* não a matei. Juro que não a matei.

– Querida, é claro que não!

Tim a envolveu com os braços, mas ela se soltou.

– Eu odeio este lugar. Tudo deveria ser puro sol. Tudo parecia ser puro sol. Mas não é. Em vez disso, há uma sombra... uma grande sombra negra... E eu estou nela... e não consigo sair...

Sua voz assumira um volume de grito.

– Fale baixo, Molly. Pelo amor de Deus, fale baixo!

Ele foi até o banheiro e voltou com um copo.

– Ouça. Beba isso. Vai acalmar você.

– Eu... eu não consigo beber nada. Meus dentes não param de bater.

– Sim, você consegue, querida. Sente-se. Aqui, na cama.

Ele a envolveu com os braços. Aproximou o copo de seus lábios.

– Pronto, agora beba.

Uma voz se fez ouvir da janela.

– Jackson – Miss Marple falou claramente. – Vá até lá. Tire esse copo dele e segure o corpo com firmeza. Tenha cuidado. Ele é forte e pode estar bem desesperado.

Havia certos fatos a respeito de Jackson. Ele era um homem experiente, treinado para cumprir ordens. Era um homem com grande amor pelo dinheiro, e dinheiro havia sido prometido a ele por seu empregador, sendo esse empregador um homem de estatura e autoridade. Era também um homem de extremo desenvolvimento muscular, intensificado por seu treinamento. Sua função não era raciocinar, era simplesmente fazer.

Rápido como um relâmpago, atravessou o quarto. Sua mão já segurava o copo que Tim havia empurrado junto aos lábios de Molly, enquanto seu outro braço já prendera Tim por trás. Com um ágil giro do pulso, apoderou-se do copo. Tim tentou reagir descontroladamente, mas Jackson segurou-o com firmeza.

– Que diabos... me solte. Me solte! Você enlouqueceu? O que você está fazendo?

Tim se debatia violentamente.

– Segure-o, Jackson – disse Miss Marple.

– O que está acontecendo? Qual é o problema aqui?

Apoiado por Esther Walters, o sr. Rafiel entrou pela porta de vidro.

– Quer saber qual é o problema? – Tim gritou. – O seu empregado enlouqueceu, enlouqueceu completamente, esse é que é o problema. Mande ele me soltar.

– Não – Miss Marple falou.

O sr. Rafiel voltou-se para ela.

– A palavra é sua, Nêmesis – ele disse. – Precisamos de uma referência pontual dos fatos.

– Fui estúpida e tola – disse Miss Marple –, mas não estou sendo tola agora. Quando o conteúdo desse copo que ele tentou fazer a esposa tomar tiver sido analisado, apostarei... sim, apostarei a minha alma imortal na certeza de que constatarão nele uma dose letal de narcótico. É o mesmo padrão, percebam, o mesmo padrão da história do major Palgrave. Uma esposa em estado depressivo; ela tenta dar cabo da própria vida, o marido a salva bem a tempo. Depois, na segunda tentativa, ela obtém êxito. Sim, é o exato padrão. O major Palgrave me contou a história e tirou um retrato e então levantou o rosto e viu...

– Por cima do seu ombro direito – completou o sr. Rafiel.

– Não – disse Miss Marple, balançando a cabeça. – *Ele não viu nada por cima do meu ombro direito.*

– O que você está falando? Você me contou...

– Eu lhe contei errado. Eu estava totalmente equivocada. A minha estupidez foi inacreditável. O major Palgrave me *pareceu* estar olhando por cima do meu ombro direito, olhando fixamente, de fato, alguma coisa... Mas não poderia ter *visto* nada, porque estava olhando com seu olho esquerdo, e seu olho esquerdo era de vidro.

– Eu lembro... ele *tinha* um olho de vidro – disse o sr. Rafiel. – Eu tinha esquecido... ou não levei isso em conta. Você quer dizer que o major não conseguia enxergar nada?

– É claro que ele conseguia *enxergar* – retrucou Miss Marple. – Conseguia *enxergar* muito bem, mas só enxergava com um olho. O olho com o qual *conseguia* enxergar era o seu olho *direito.* E por isso, perceba, só podia ter olhado algo ou alguém não à minha direita, mas à minha *esquerda.*

– E havia alguém à sua esquerda?

– Sim – respondeu Miss Marple. – Tim Kendal e sua esposa estavam sentados não muito longe. Sentados a uma mesa bem próxima de um arbusto de hibisco. Estavam fazendo sua contabilidade. Então, vejam, o major levantou o rosto. Seu olho esquerdo, de vidro, olhava fixamente por cima do meu ombro direito, mas o que ele *viu* com o outro olho foi um homem sentado perto de um arbusto de hibisco, e o rosto era idêntico, só que um pouco mais velho, ao rosto do retrato. Também junto a um arbusto de hibisco. Tim Kendal havia escutado a história que o major estava contando e percebeu que o major o reconhecera. Sendo assim, é claro, precisava matá-lo. Mais adiante, precisou matar a jovem, Victoria, porque ela o vira colocar um frasco de comprimidos no quarto do major. A princípio ela pensou que não fosse nada de mais, porque era bastante natural que Tim Kendal entrasse nos bangalôs dos hóspedes em diversas ocasiões. Podia ser que ele só estivesse devolvendo algo que havia sido esquecido em alguma mesa do restaurante. Mas pensou melhor e aí começou a lhe fazer perguntas, e por isso Tim Kendal precisou se livrar dela. Mas este é o verdadeiro assassinato, o assassinato que ele estava planejando desde o começo. Percebam, ele é um matador de esposas.

– Que maldito disparate, que... – Tim Kendal berrou.

Houve um grito repentino, um grito raivoso e descontrolado. Esther Walters largou o sr. Rafiel, quase o jogando no chão, e disparou pelo quarto. Ela puxou em vão o braço de Jackson.

– Solte ele... solte ele! Não é verdade. Nenhuma palavra disso tudo é verdade. Tim... Tim, querido, não é verdade. Você nunca seria capaz de matar alguém, eu sei que não seria. Eu sei que não seria. É essa jovem horrível com quem você se casou. Ela andou contando mentiras a seu respeito. Não é verdade. É tudo mentira. Acredito em você. Eu amo você e acredito em você. Nunca vou acreditar numa única palavra que alguém disser. Eu...

Então Tim Kendal perdeu o controle.

– Pelo amor de Deus, sua maldita cadela – disse ele –, será que você não consegue calar a boca? Quer me ver enforcado? Cale a boca, estou dizendo! Cale essa sua horrorosa boca grande.

– Pobre tolinha – comentou brandamente o sr. Rafiel. – Então isso é o que estava acontecendo, é?

## Capítulo 25

# Miss Marple usa a imaginação

– Então isso é o que andava acontecendo? – disse o sr. Rafiel.

Ele e Miss Marple estavam sentados lado a lado de modo confidencial.

– Ela vinha tendo um caso com Tim Kendal, não?

– Dificilmente um caso, eu imagino – Miss Marple retrucou empertigada. – Tratava-se, creio eu, de uma ligação romântica com a perspectiva de um casamento no futuro.

– O que... após a morte da esposa?

– Não creio que a pobre Esther Walters soubesse que Molly ia morrer – falou Miss Marple. – Acho apenas que ela acreditou na história que Tim Kendal lhe contou sobre Molly ter se apaixonado por outro homem e sobre o homem tê-la seguido até aqui, e acho que confiava que Tim se divorciaria. Acho que era tudo muito correto e respeitável. Mas ela estava muitíssimo apaixonada por ele.

– Bem, isso é fácil de entender. Ele era um sujeito atraente. Mas o que fez *o sujeito* partir para cima dela, você sabe isso também?

– *O senhor* sabe, não sabe? – falou Miss Marple.

– Atrevo-me a dizer que faço uma boa ideia, mas não sei como você saberia. No que diz respeito a isso, não vejo como Tim Kendal poderia ter algum conhecimento.

– Bem, realmente acho que eu poderia explicar tudo isso com um pouco de imaginação, mas seria mais simples se o senhor me contasse.

– Não vou lhe contar – disse o sr. Rafiel. – Trate você de me contar, já que está se mostrando tão astuta.

– Bem, parece-me possível – afirmou Miss Marple – que, como já lhe dei a entender, o seu empregado Jackson tivesse o hábito de dar uma boa bisbilhotada nos seus vários documentos de negócios de vez em quando.

– Perfeitamente possível – disse o sr. Rafiel –, mas eu não diria que houvesse nesses papéis qualquer coisa que pudesse lhe trazer algum proveito. Tomei providências.

– Imagino – falou Miss Marple – que ele leu o seu testamento.

– Ah, entendo. Sim, sim, eu de fato trouxe comigo uma cópia do meu testamento.

– O senhor me contou – prosseguiu Miss Marple –, o senhor me contou (como disse Humpty Dumpty, em alto e bom som) que *não* havia deixado nada para Esther Walters em seu testamento. O senhor havia informado essa circunstância para ela e também para Jackson. Era verdade no caso de Jackson, imagino. Para *ele* o senhor não deixou nada, mas para Esther Walters havia *deixado* dinheiro, embora não quisesse lhe dar nenhum indício do fato. Não está correto?

– Sim, totalmente correto, mas não entendo como *você* descobriu.

– Bem, foi o modo com que o senhor insistiu nesse ponto – retrucou Miss Marple. – Tenho certa experiência com o jeito que as pessoas têm de contar mentiras.

– Desisto – disse o sr. Rafiel. – Está bem. Deixei 50 mil libras para Esther. Seria uma bela surpresa para ela quando eu morresse. Suponho que, sabendo disso, Tim Kendal decidiu exterminar sua presente esposa com uma bela dose disso ou daquilo e se casar com as 50 mil libras e Esther Walters. Possivelmente para descartá-la também no devido tempo. Mas como é que *ele* soube que ela ganharia 50 mil libras?

– Jackson lhe contou, é claro – falou Miss Marple. – Os dois tinham uma relação muito amistosa. Tim Kendal era simpático com Jackson e sem quaisquer, imagino eu, segundas intenções. Porém, entre os mexericos que Jackson deixava escapar, creio que ele contou a Tim que, sem ter conhecimento do fato, Esther Walters herdaria uma bolada de dinheiro, e pode ter dito que ele mesmo esperava induzir Esther Walters a se casar com ele, muito embora não tivesse tido muito sucesso até então em cair nas graças dela. Sim, acho que foi assim que aconteceu.

– As coisas que você imagina sempre parecem ser perfeitamente plausíveis – disse o sr. Rafiel.

– Mas fui estúpida – Miss Marple falou –, muito estúpida. Na verdade, perceba, tudo se encaixava. Tim Kendal era um homem muito astuto, tal como um homem muito perverso. Era particularmente hábil em espalhar rumores. Metade das coisas que me contaram aqui partiram originalmente dele, imagino. Havia histórias circulando sobre Molly querendo se casar com um jovem indesejável, mas calculo que o jovem indesejável fosse efetivamente o próprio Tim Kendal, embora esse não fosse o nome que ele usava na época. Os familiares de Molly haviam ficado sabendo de alguma coisa, talvez que os antecedentes dele fossem um tanto nebulosos. Então, ele fez um jogo de cena da mais alta indignação, recusou-se a ser "apresentado" por Molly aos familiares e aí tramou com ela um pequeno artifício que ambos julgaram divertidíssimo. Ela fingiu se deprimir com a perda dele. Aí apareceu um sr. Tim Kendal, munido dos nomes de vários amigos antigos dos familiares de Molly, e estes o acolheram de braços abertos como se fosse o tipo de jovem que tiraria da cabeça de Molly o delinquente anterior. Receio que Molly e Tim devem ter rido de tudo um bocado. De qualquer forma, Tim se casou com ela e, com o dinheiro dela, comprou este lugar das pessoas que o administravam, e os dois vieram para cá. Eu diria que ele esbanjou o dinheiro de Molly com um ímpeto bastante considerável. Então topou com Esther Walters e avistou uma bela perspectiva de mais dinheiro.

– Por que razão ele não acabou comigo? – perguntou o sr. Rafiel.

Miss Marple tossiu.

– Creio que ele queria ficar razoavelmente seguro quanto à sra. Walters primeiro. Além disso... quero dizer...

Ela se calou, um pouco confusa.

– Além disso, ele percebeu que não teria de esperar muito tempo – disse o sr. Rafiel –, e obviamente seria melhor que eu morresse de morte natural. Sendo tão rico... As mortes de milionários, ao contrário das de meras esposas, costumam ser examinadas com o maior cuidado, não é mesmo?

– Sim, o senhor tem toda a razão. As inúmeras mentiras que ele contava... – Miss Marple falou. – Basta ver as mentiras nas quais ele fez a própria Molly acreditar... fazendo parar nas mãos dela aquele livro sobre transtornos mentais. Dando-lhe medicamentos que induziam sonhos e alucinações. Veja bem, o seu Jackson foi bastante astuto nesse aspecto. Acho que ele reconheceu certos sintomas de Molly como resultantes de medicação. E entrou no bangalô naquele dia para escarafunchar um pouco no banheiro. O creme facial que ele examinou... Jackson pode ter tido alguma ideia em função das velhas histórias de bruxas que esfregavam no corpo certos unguentos com beladona. Beladona num creme facial poderia ter produzido justamente esse resultado. Molly teria sofrido apagões. Passagens de tempo das quais não se lembrava, sonhos em que voava pelo ar. Não admira que tenha ficado atemorizada consigo mesma. Apresentava todos os sinais de doença mental, Jackson estava na pista certa. Talvez tenha tirado a ideia das histórias do major Palgrave sobre o uso de datura por mulheres indianas com seus maridos.

– O major Palgrave! – exclamou o sr. Rafiel. – Francamente, aquele homem!

– Ele provocou o próprio assassinato – disse Miss Marple –, e o assassinato daquela pobre Victoria, e quase provocou a morte de Molly. Mas reconheceu um assassino, sem dúvida.

– O que fez com que você se lembrasse de repente do olho de vidro dele? – o sr. Rafiel perguntou com curiosidade.

– Algo que Señora de Caspearo disse. Ela falou uma bobagem qualquer sobre o major ser feio e ter o Mau-Olhado; e eu disse que era só um olho de vidro, que não era culpa dele, pobre coitado, e ela falou que os olhos dele olhavam para direções diferentes, que eram estrábicos... e eram mesmo, é claro. E falou que traziam azar. Eu sabia... *sabia* que tinha escutado alguma coisa importante naquele dia. Ontem à noite, logo depois da morte de Lucky, me ocorreu o que era! E aí percebi que não havia tempo a perder...

– Como foi que Tim Kendal veio a matar a mulher errada?

– Puro acaso. Acho que o plano dele era este: tendo convencido todo mundo... e isso incluía a própria Molly... de que ela era mentalmente desequilibrada, e depois de lhe dar uma dose considerável da droga que estava usando, disse a ela que os dois iriam esclarecer juntos todos aqueles enigmas de assassinato. Mas ela tinha de ajudá-lo. Depois que todos já estivessem dormindo, os dois sairiam em separado e se encontrariam num local combinado junto ao riacho. Tim disse que fazia uma ótima ideia de quem era o assassino e que eles iriam encurralá-lo. Molly saiu, obediente, mas estava confusa e entorpecida por causa da droga que tomara, que a fez andar com lentidão. Tim chegou ao local primeiro e viu o que julgou ser Molly. Cabelo dourado e xale verde-claro. Ele se aproximou por trás dela, tapou sua boca com a mão, mergulhou sua cabeça à força na água e a manteve mergulhada.

– Bom sujeito! Mas não teria sido mais fácil simplesmente lhe dar uma overdose de narcótico?

– Bem mais fácil, é claro. Mas isso *poderia* ter despertado suspeitas. Todos os narcóticos e sedativos haviam sido muito cuidadosamente tirados do alcance de Molly, lembre-se. E, se ela *tivesse* obtido um novo suprimento, quem o teria fornecido com mais probabilidade do que o marido? Mas se, num acesso de desespero, ela saísse e se afogasse enquanto seu marido inocente dormia, a coisa toda seria uma tragédia romântica, e provavelmente ninguém iria sugerir que ela tinha sido afogada deliberadamente. Além disso – Miss Marple acrescentou –, para os assassinos é sempre uma dificuldade simplificar as coisas. Eles não conseguem deixar de elaborar o plano.

– Você parece convencida de que sabe tudo o que há para saber a respeito de assassinos! Então acredita que Tim não sabia que havia matado a mulher errada?

Miss Marple sacudiu a cabeça.

– Tim sequer olhou o rosto dela, só tratou de sumir dali o mais depressa que pôde, deixou transcorrer uma hora e então começou a organizar uma busca por ela, interpretando o papel de marido transtornado.

– Mas que diabos Lucky estava fazendo, andando à toa pelo riacho no meio da noite?

Miss Marple tossiu de leve, um tanto embaraçada.

– É possível, creio eu, que ela estivesse... hã... à espera de um encontro com alguém.

– Edward Hillingdon?

– Não, *não* – disse Miss Marple. – Isso está terminado. Eu me pergunto se... bem possivelmente... ela não poderia estar esperando Jackson.

– Esperando *Jackson*?

– Notei uma ou duas vezes que ela... ficava olhando para ele – Miss Marple murmurou, desviando os olhos.

O sr. Rafiel assobiou.

– Meu Jackson, o terror das mulheres! Eu não duvidaria de algo assim da parte dele! Tim deve ter ficado em choque, depois, quando descobriu que havia matado a mulher errada.

– Sem dúvida. Deve ter ficado totalmente desesperado. Eis ali Molly, viva e perambulando. E a história que ele fizera circular tão cuidadosamente sobre a condição mental da esposa não se sustentaria nem por um segundo quando ela fosse parar nas mãos de competentes especialistas em distúrbios mentais. E, quando ela contasse sua história incriminadora sobre o marido lhe ter pedido para encontrá-lo no riacho, como ficaria Tim Kendal? Ele tinha uma única esperança: acabar com Molly o mais depressa possível. Aí haveria uma ótima chance de todos acreditarem que Molly, num ataque maníaco, afogara Lucky e então, horrorizada com o que fizera, havia tirado a própria vida.

– E foi então – disse o sr. Rafiel – que você decidiu dar uma de Nêmesis, é?

Ele se reclinou de súbito e caiu na gargalhada.

– É uma piada maravilhosa – falou. – Se você tivesse noção da sua cara naquela noite, de pé com aquela fofura de lã cor-de-rosa toda em volta da cabeça, dizendo que era Nêmesis! Nunca vou esquecer!

# Epílogo

Havia chegado a hora, e Miss Marple esperava seu avião no aeroporto. Uma boa quantidade de pessoas aparecera para se despedir. Os Hillingdon já tinham partido. Gregory Dyson havia voado para uma das outras ilhas, e surgira o boato de que estava se devotando a uma viúva argentina. Señora de Caspearo havia retornado à América do Sul.

Molly viera se despedir de Miss Marple. Estava pálida e magra, mas havia superado com bravura o choque de sua descoberta e, com o auxílio de um dos administradores da equipe do sr. Rafiel, que este havia chamado da Inglaterra por telegrama, continuava tocando a gerência do hotel.

– Vai lhe fazer bem se manter ocupada – observara o sr. Rafiel. – Vai impedi-la de ficar pensando. Você tem um negócio bom aqui.

– O senhor não acha que os assassinatos...

– As pessoas adoram assassinatos quando estão todos esclarecidos – o sr. Rafiel havia lhe assegurado. – Trate de tocar em frente, garota, e não desanime. Não vá desconfiar de todos os homens só porque você topou com um que não prestava.

– O senhor parece Miss Marple falando – Molly comentara –, ela fica sempre me dizendo que o Homem Certo vai aparecer um dia.

O sr. Rafiel forçara um sorriso diante de tal sentimentalismo. Então Molly estava lá, e os dois Prescott, e o sr. Rafiel, é claro, e Esther – uma Esther que parecia mais velha e mais triste, com a qual o sr. Rafiel se mostrava, repetidas vezes, inesperadamente amável. Jackson também se revelava bastante disposto, querendo cuidar da bagagem de Miss Marple. Ele era todo sorrisos por aqueles dias e, registre-se, havia dinheiro em seu horizonte.

Ouviu-se um zumbido no céu. O avião estava chegando. As coisas eram bastante informais ali. Não havia nada de "seguir pelo Portão 8" ou Portão 9. Você simplesmente saía do pequeno pavilhão coberto de flores e entrava direto na pista.

– Adeus, querida Miss Marple – Molly falou, beijando-a.

– Adeus. Vamos ficar aguardando uma visita sua – a srta. Prescott deu-lhe um caloroso aperto de mão.

– Foi um grande prazer conhecê-la – disse o cônego. – Reforço calorosamente o convite da minha irmã.

– Tudo de melhor, madame – falou Jackson. – E lembre-se: sempre que quiser uma massagem de graça, basta me mandar o aviso que nós marcamos a sessão.

Apenas Esther Walters se afastou ligeiramente quando chegou a hora das despedidas. Miss Marple não lhe forçou um adeus. O sr. Rafiel veio por último e lhe pegou a mão.

– *Ave Caesar, nos morituri te salutamus** – ele disse.

– Receio – Miss Marple retrucou – não saber muito de latim.

– Mas você entendeu isso?

– Sim – ela se limitou a responder.

Miss Marple sabia muito bem o que ele estava lhe dizendo.

– Foi um grande prazer conhecê-los – ela falou.

Então atravessou a pista e entrou no avião.

---

* Latim: "Salve César, os que vão morrer te saúdam". (N.T.)

Livros de Agatha Christie publicados pela **L&PM** EDITORES

*O homem do terno marrom*
*O segredo de Chimneys*
*O mistério dos sete relógios*
*O misterioso sr. Quin*
*O mistério Sittaford*
*O cão da morte*
*Por que não pediram a Evans?*
*O detetive Parker Pyne*
*É fácil matar*
*Hora Zero*
*E no final a morte*
*Um brinde de cianureto*
*Testemunha de acusação e outras histórias*
*A Casa Torta*
*Aventura em Bagdá*
*Um destino ignorado*
*A teia da aranha (com Charles Osborne)*
*Punição para a inocência*
*O Cavalo Amarelo*
*Noite sem fim*
*Passageiro para Frankfurt*
*A mina de ouro e outras histórias*

MEMÓRIAS
*Autobiografia*

MISTÉRIOS DE HERCULE POIROT
*Os Quatro Grandes*
*O mistério do Trem Azul*
*A Casa do Penhasco*
*Treze à mesa*
*Assassinato no Expresso Oriente*
*Tragédia em três atos*
*Morte nas nuvens*
*Os crimes ABC*
*Morte na Mesopotâmia*
*Cartas na mesa*
*Assassinato no beco*
*Poirot perde uma cliente*
*Morte no Nilo*
*Encontro com a morte*
*O Natal de Poirot*
*Cipreste triste*
*Uma dose mortal*
*Morte na praia*
*A Mansão Hollow*
*Os trabalhos de Hércules*
*Seguindo a correnteza*
*A morte da sra. McGinty*
*Depois do funeral*
*Morte na rua Hickory*
*A extravagância do morto*
*Um gato entre os pombos*
*A aventura do pudim de Natal*
*A terceira moça*
*A noite das bruxas*
*Os elefantes não esquecem*
*Os primeiros casos de Poirot*
*Cai o pano: o último caso de Poirot*
*Poirot e o mistério da arca espanhola e outras histórias*
*Poirot sempre espera e outras histórias*

MISTÉRIOS DE MISS MARPLE
*Assassinato na casa do pastor*
*Os treze problemas*

*Um corpo na biblioteca*
*A mão misteriosa*
*Convite para um homicídio*
*Um passe de mágica*
*Um punhado de centeio*
*Testemunha ocular do crime*
*A maldição do espelho*
*Mistério no Caribe*
*O caso do Hotel Bertram*
*Nêmesis*
*Um crime adormecido*
*Os últimos casos de Miss Marple*

MISTÉRIOS DE TOMMY & TUPPENCE

*O adversário secreto*
*Sócios no crime*
*M ou N?*
*Um pressentimento funesto*
*Portal do destino*

ROMANCES DE MARY WESTMACOTT

*Entre dois amores*
*Retrato inacabado*
*Ausência na primavera*
*O conflito*
*Filha é filha*
*O fardo*

TEATRO

*Akhenaton*
*Testemunha de acusação e outras peças*
*E não sobrou nenhum e outras peças*

## ANTOLOGIAS DE ROMANCES E CONTOS

*Mistérios dos anos 20*
*Mistérios dos anos 30*
*Mistérios dos anos 40*
*Mistérios dos anos 50*
*Mistérios dos anos 60*
*Miss Marple: todos os romances v. 1*
*Poirot: Os crimes perfeitos*
*Poirot: Quatro casos clássicos*

## GRAPHIC NOVEL

*O adversário secreto*
*Assassinato no Expresso Oriente*
*Um corpo na biblioteca*

Agatha Christie
Agatha Christie
POIROT
Os crimes perfeitos
O ASSASSINATO DE ROGER ACKROYD
ASSASSINATO NO EXPRESSO ORIENTE
ASSASSINATO NO BECO
O NATAL DE POIROT
Agatha Christie
MISS MARPLE
todos os romances
Primeiro volume
Assassinato na casa do pastor
Um corpo na biblioteca
A mão misteriosa
Convite para um homicídio
Agatha Christie
AUTOBIOGRAFIA
Agatha Christie
POIROT
QUATRO CASOS CLÁSSICOS
TRÁGEDIA EM TRÊS ATOS
CIPRESTE TRISTE
MORTE NA PRAIA
A MANSÃO HOLLOW
EM TODOS OS FORMATOS
AGORA TAMBÉM EM FORMATO TRADICIONAL (16x23)
AGATHA CHRISTIE
MISTÉRIOS DOS ANOS 30
O mistério Sittaford
Por que não pediram a Evans?
É fácil matar
AGATHA CHRISTIE
MISTÉRIOS DOS ANOS 40
M ou N?
Hora Zero
Um brinde de cianureto
A Casa Torta
AGATHA CHRISTIE
MISTÉRIOS DOS ANOS 50
AGATHA CHRISTIE
MISTÉRIOS DOS ANOS 60
Noite sem fim
Um pressentimento funesto
Passageiro para Frankfurt
Portal do destino
L&PM EDITORES

IMPRESSÃO:

**PALLOTTI**
GRÁFICA

Santa Maria - RS | Fone: (55) 3220.4500
*www.graficapallotti.com.br*